詭軼紀事
捌
噬人詭衣櫃
記錄詭譎散軼的靈異故事之書
Div（另一種聲音）、笭菁
龍雲、Misa——著

目錄

（※本故事內容純屬虛構，如有雷同，純屬巧合。）

第一章——拍賣師

Div（另一種聲音）

1.

一場拍賣直播正在進行著。

主持人是一個男子，他臉上戴著一張遮住半邊臉的面具，面具遮住了男子的上半邊臉，只露出部分鼻子與嘴唇，但從唇型和上面那撇黑色鬍子，透露著此人真面目應該不差。

這位主持人正將四根手指併攏，夾著一條紅色絲線，絲線下方懸掛著一塊白綠色的玉珮，輕輕晃動著。

「告訴各位，今天晚上的壓箱寶就在這裡，玉鳳凰。」

玉珮約末半個手掌大小，上頭精巧的雕著一頭鳳凰，這鳳凰雙翅展開，燈光照耀下，身上的翎羽閃爍出各色光芒，可說美麗絕倫。

「目前世界最頂級的玉，來自新疆和闐，這白中帶翠的色澤，一看就知道是和闐白青雙玉中的……上品青玉。」

「要怎麼看和闐玉？就看它的魚鱗紋，這魚鱗紋所在之處，剛好搭配鳳凰展翅的羽毛，堪稱藝術結晶。」

「你們一定想問多少錢是嗎？這麼完美的一塊玉，起標價一萬，你沒聽錯，是便宜的一萬！因爲拍賣人是傻子，他急著處理他爸爸的遺物然後出國，你說是不是傻啊？」

男子說到這，微微一頓，這時他背後的螢幕一排數字開始快速跳動，跳出了一萬。

隨即，數字開始閃動，從**一萬**跳到了**一萬一**……**一萬五**……這表示觀賞這節目的玩家，開始投單了。

「來自中東的玩家出價一萬五，很好，有點識貨，這裡還有一張玉石鑑定書，保證眞貨，貨眞價實的和闐玉啊！」

看到玉石鑑定書，數字又跳了幾下，跳到了**一萬七**。

只是到**一萬七**之後，螢幕跳了幾下，始終都在一萬七千以上以百元爲單位跳動，頗有欲振乏力之感。

「一萬七？」男子看了一眼背後的螢幕，他再次轉過身，「各位，我來說說這玉的故事，來，我放到鏡頭前讓各位看清楚，各位有看到嗎？這玉鳳凰上有一塊紅，這紅可不是瑕疵，這可是這玉最珍貴的地方。」

玉珮上，尊貴豪華的鳳凰的頭部，果然有那麼一點鮮紅。

這抹鮮紅在燈光下，有些突兀，有些猙獰，卻又與玉本身的青翠揉合出一種獨特的氛圍。

「這點紅，各位猜猜是什麼？這玉當年是文革逃難時帶出來的，當年皇宮的鑄玉師，總共鑄了四塊寶玉，分別是青龍、鳳凰、麒麟以及玄武，其中玄武已經碎了，青龍被阿拉伯富豪收購，麒麟據說此刻在日本收藏家手中，而四塊玉中，又以鳳凰最為珍貴，你們可知道為什麼？」

價格螢幕上一片安靜，數字停在一萬七千六百，似乎在等待男人說出答案。

「因為當時的鑄玉師鑄完了鳳凰，精疲力竭之際，刀子劃破了手指，一滴血就這樣滴在鳳凰頭上，染上了玉。」

「要知道玉這寶物可奇了，它是通人性的，一般人血噴上去，擦一擦就掉了，偏偏這是鑄玉師的血，竟莫名的滲了進去，鳳凰就這樣有了鮮紅的玉冠，因為這點殘缺，卻讓玉鳳凰成了四玉之首……這樣的玉，我們稱之為『血玉』。」

是珍貴無比的冰血玉啊！

當男人一說完，螢幕下方的對話板，爆出一堆嘲笑留言——

「白癡啊！哪有血玉這種東西？」

「四玉？這是啥鬼故事？」

「我是聽過玉會被穿戴者染上氣息，但沒聽過染上血的。」

「如果眞有染血的玉，倒是稀奇！」

「還染在鳳凰頭上？未免太巧！」

只是底下的留言板嘲笑的歸嘲笑，戲謔的歸戲謔，突然間，寂靜的報價螢幕像是隱忍多時的海潮，忽然暴衝起來。

瞬間衝破**一萬七**……**一萬八**……**兩萬**，然後隨著酸言酸語留言越來越多，報價也失控的往上，衝上了**三萬**。

三萬處微微停頓，又繼續往上衝到**三萬五**，才終於慢慢停止。

「三萬五一次，三萬五兩次，三萬五三次……成交！」男子露出微笑，「請留下你的匯款紀錄，我們公司很快就會把貨物連同證明書，一同寄去給您。」

當這場拍賣結束，底下的留言仍在延續，激烈的討論著血玉，有人信誓旦旦的說著他曾見過血玉，那是從漢朝古墓中被挖出來的，還是呂后的陪葬品，聽說呂后曾用這塊玉賜死了其他的皇妃，而皇妃服毒後吐了血，染紅了玉，那就是歷史上第一枚血玉。

當拍賣結束，鏡頭關上，男子甩下面具，喘口氣，拿著礦泉水，一屁股坐在旁邊的躺椅上。

面具下的他，約莫三十餘歲，確實俊俏，只是眉頭幾道皺紋，多了一份滄桑落魄之氣。

「三萬五啊，這塊普通雕鳳的小玉珮，竟給您賣到五倍價，啊不，十倍價，您可真神。」忽然，一個男人悄悄出現，這男人眼睛瞇成弧線，笑容也是弧線，動作輕柔無聲，簡直就跟狐狸沒兩樣，「不愧是『過去』拍賣界人稱的第一鼻師，鍾聞。」

「哼。」鍾聞閉著眼，一副不想搭理這狐狸的樣子。

「我們都知道玉石會被配戴者感染，越是富貴好命者，所養的玉越是晶瑩圓潤，價格也越高，但你提的以血染玉又是另外一個派系，戰慄且詭異，又有另外一批貪婪的愛好者喜愛這路數。」狐狸語帶敬佩。

「哼。」

「不過，玉石染血可不容易，你怎麼把這塊普通玉珮染上血的？」

「這個。」鍾聞看了一眼狐狸男，從口袋掏出一東西，往桌上一扔。

「啊！」狐狸男眼睛先是睜大，隨即又回到瞇瞇眼狀態，「好樣的啊你！」

因爲鍾聞丟在桌上的，竟是一支奇異筆，紅色的。

「我只負責賣，後面要怎麼加工，看似要用火把顏色烤進去，還是染料染進去，就隨你們。」鍾聞冷笑，「反正我只負責把價格賣高，就算賣高了，最後都讓你們給抽成抽光了。」

「欸欸，老鍾，別這樣說啊，所謂欠債還錢天經地義，你欠我們錢，我們拿東西給你賣，你賣掉之後我們抽個幾趴，合情合理吧？」

「幾趴？不如說一百趴吧。」老鍾皺眉，「欠債還錢？你們的利息根本是吸血鬼，越還越多，永遠還不完是嗎？」

「這也沒辦法啊，當時如果我們沒出這一大筆錢，你的鼻子可能保不住，當年拍賣界中的五大好手『眼耳鼻舌手』就要少一個鼻啦。」

「哼。」

「少了鼻子多難看，帶了面具也遮不住啊，不是嗎？」狐狸男人說，「而且如果沒有我們給你貨，你以爲你還有貨可以賣嗎？或者說，你以爲你還回得去光明的拍賣界嗎？畢竟，經過『那件事』以後……」

「廢話這麼多。」鍾聞低罵幾句，「這次你這老狐狸親自出馬，是帶了什麼貨來賣？」

「這東西賣家出了不少錢，不求回收多少，只要我們三天內賣出去就好。」

「啊？三天內賣出去就好？」

「對，這次的東西，」狐狸男把臉湊近了鍾聞，弧狀的瞇瞇眼，弧狀帶笑的薄唇，讓人想到了深沉的惡意總是埋藏在無害的表情裡，「是一個老家具，二手衣櫃。」

二手衣櫃。

一個必須在三天賣出去的，二手衣櫃。

鍾聞回到了家，時鐘分針與秒針正好歸零，下午五點整。

說是家，也只是一個十坪大的小空間，附上小小廚房，客廳和臥室共用。所謂的客廳與臥室共用，就是把所有的物品都收納在一個大櫃子內，白天從櫃裡拿出折疊矮桌擺上，就是客廳。

晚上時收起折疊矮桌，取出櫃子上層的床墊和棉被鋪在地板上，就是臥房。當然，這大櫃子也有著收納衣物的功能，說是大衣櫃也不爲過。

這空間藏身在一棟有百戶的老樓之中，小歸小，交通算是方便，而這老樓年紀已經超過四十年，早就躺在市政府都更的名單之中。

但因爲這百戶之中龍蛇雜處，有從大樓剛蓋成就住進來的老住戶、暫時棲息此地隨時展翅的年輕新創公司、從來不在白天出門形跡詭異的男子，和戰戰兢兢的普通上班族，這裡就像是民國初年的大雜院，每個人都有故事，然後在這裡隱身棲息著。

大樓成員的複雜加上產權的混亂，讓政府遲遲無法對這棟大樓進行都更，也讓這大樓成爲一個明明在市中心卻老舊複雜的特殊存在。

藏身於老樓的人之中，鍾聞也是一份子，占據其中一個十幾坪的空間，而且，還是兩個人。

他還有一個女兒，十歲，名叫鍾容。

三年前，鍾聞發生了那件事之後，他不只被逐出了各大拍賣界，更積欠大量債務被債主追殺，也是那時候，他的老婆明白鍾聞再也不能給她富貴享樂的生活，在一個深夜，拉著行李箱，丟下還在床上熟睡的鍾容，消失在夜幕之中。

從此鍾聞開始獨自撫養鍾容，這幾年他換過幾個工作，但都不太能適應，一方面是那些債主不斷上門騷擾，一方面鍾聞實在沒有那些工作的天賦……他的天賦只有這麼一個。

拍賣。

正確來說，是鑑定與拍賣。

要懂拍賣，就要明白這貨物的價值，要明白貨物的價值，說的就是鑑定的功夫。

鍾聞懂貨，而他的方法就是用鼻子聞，他的鼻子能感應比一般人更強三倍的嗅覺分子，不過行裡人都知道，鍾聞眞正厲害的並不單是嗅覺靈敏度而已，而是嗅覺的記憶連結。

透過嗅覺，鍾聞能連結到腦中的記憶，辛辣的氣味不只辛辣，他能分辨這究竟是戰火的煙硝？或是沙漠陽光烤過的炙熱？香氣不單是香氣，是穿過清朝歷史帝王沉香？或是維多利亞的濃密香草？

這份能力，讓鍾聞能藉此辨別貨物的來歷，甚至用來鑑定古物，像是毛筆帖中的水墨與宣紙的氣味，更讓他成爲拍賣界的五絕之一。

所謂「五絕」，正是「眼耳鼻舌手」。

拍賣師之眼，據說他能輕易辨別出貨物最美之處，甚至能一眼分辨出寶石的眞假，有如顯微鏡。

拍賣師之耳，只要輕敲貨物，就能辨別材質與隱藏中的祕密。

拍賣師之鼻，就是鍾聞，超凡的嗅覺是他評鑑古物的利器。

拍賣師之舌，據說鑑定時喜歡用舌頭舔古物，聽說他舔寶物時的神情，又陶醉又古怪，讓人不敢恭維。

拍賣師之手，聽說是五絕中最厲害的一個，其鑑定方式也是最令人費解的，指尖輕觸貨物，就能讀取其中的記憶。

而懂鑑定，就懂得如何凸顯這些貨物的特點，找到適合的買家，於是他們五

模樣。

而鍾聞只是慢慢的吃著，打從三年前那件事之後，他體驗了人世冷暖，欠下鉅額債務，妻子一夜離去，唯一剩下的就是這個天眞浪漫的女兒，爲此，他將情感全部寄託放在這女兒身上。

「爸，我今天回來時，又在電梯遇到了十二樓的姐姐喔。」

「喔？」鍾聞想了一下，「有聽妳說過，那個身上香香的姐姐？」

「對啊，她身上的香氣不太一樣，是中藥味道的香氣，聞起來好舒服。」鍾容顯然也繼承了鍾聞對嗅覺的遺傳，「姐姐說，她的名字叫做小杓。」

「小杓？嗯，妳說的香氣……」鍾聞靠近女兒身邊，確實感覺到鍾容身上沾染了那麼一點氣味，「是中藥味道的香氣啊？」

「對啊。」

「這不是中藥喔。」鍾聞說，「這是廟的味道。」

「啊？」

「廟中香灰的味道，不過這確實和一般香味不太一樣，這廟用了很好的中藥，肉桂、香草、大黃，再加上用心調和……確實是很舒服的氣味。」

「眞的啊？爸爸你好厲害，這樣都聞得出來？」鍾容朝自己衣服聞了幾下，小杓姐姐的香氣還在，但光從這樣的香氣就能猜出大廟香灰，爸爸也太厲害了吧！

「爸爸的工作就是做這一行的啊。」

「嘻嘻，我的爸爸是拍賣師。」鍾容又吃了一口麵，像是想起什麼似的，「那爸爸，你今天的貨物有賣掉嗎？」

「當然有。」鍾聞說到自己工作，臉上不自覺的露出驕傲神情，「爸爸是什麼人物？一塊小玉珮，怎麼難得倒我！」

「那下次我想看爸爸賣東西。」

「呃……」

「爸爸拜託啦。」鍾容雙手合掌，「可以讓我去看看嗎？」

「不然，下一次……」鍾聞搔了搔腦袋，「等哪天不用上學，我再帶妳來看看。」

「那說定囉。」鍾容笑了，那眞心崇拜的可愛笑容，還眞讓鍾聞難以拒絕。

2.

「好了，周姓女明星使用過的毛巾，以及一撮頭髮，附上證明，售價一萬一千元，成交！」

鍾聞敲下「成交」鍵後，關上螢幕，這時，他又看見了那個像是狐狸的身影。

「你又來了！」鍾聞皺眉。

「不愧是拍賣界的神鼻，用氣味說出了那周姓女星故事，甚至連哪一牌洗髮精都說出來，洗澡這件事特別引人遐想，光是這份遐想，就夠讓那些色鬼瘋狂下單了。」狐狸這樣說著。

「如果你只是來說這些廢話的，現在就可以滾了。」

「當然不，當然不。」狐狸男嘿嘿笑了兩聲，「我是來送貨的。」

「貨？」鍾聞哼的一聲，「啊，你說那個賣家就算賠錢也要賣掉的衣櫃？」

「正是。」狐狸男把手朝門外，做出一個揖，「我找人運上來了，請看。」

鍾聞朝門外一看，果然看到一個體積不小的物體，他帶著不屑朝那物體走去，但他才碰到這衣櫃，就忍不住訝異了。

原本他以爲，一個要賠錢才能賣的貨，肯定又破又爛，或是有什麼致命殘缺，但當他親眼見到這衣櫃，才發現原來完全不是這麼一回事。

這衣櫃桃色帶紅，一見就知道至少百年以上的老物。

寬約一百公分，左右對開的兩扇門，門與門中間還有一豎排的裝飾板隔開，仔細看去，衣櫃上處處有雕刻，有些細微處雖可見歲月痕跡，漆紋剝落，但不僅無損價值，反而爲這衣櫃增添了韻味。

一種鑑定者的直覺，讓鍾聞整張臉湊近，打開鼻翼，用力吸了一口。

來，告訴我關於你的故事吧，衣櫃。

用氣味，告訴我。

然後，氣味順著鼻腔竄入了鍾聞的腦門，瞬間嗡然一聲。

「降香！這氣味是降香！」

鍾聞感覺這股氣味並不濃，但卻細膩而溫暖，一旦被捕捉到，就難以忘懷，這氣味挾裹而來的古老力量，竟讓身體不自覺感到放鬆。

「降香，所以這是『黃梨木』！香氣如此柔純，肯定是特級黃梨木!!黃梨木與紫檀木齊名！古時帝王或鐘鼎之家才配使用的木料，近年來因爲黃梨木稀罕，這類家具早已米珠薪桂、昂貴非常。」鍾聞繞著二手衣櫃而走，心臟不自覺的加速跳著。

而一旁的狐狸男看著鍾聞，他的嘴角又微微揚起，彷彿早就知道鍾聞會被這衣櫃深深吸引。

「不愧拍賣家之鼻啊，這確實是『降香』，與『沉香』都屬於中國古老的帝王香氣。」狐狸男笑著，「我就知道你一定聞得出來。」

「特級黃梨木非常非常稀少，向來被視爲豪門權貴的傳家寶，但當年文革時期，整個中國陷入動亂，權貴富豪連夜逃走，屋裡的家具不是被毀就是被轉賣，許多古董家具行更趁機收購了特級黃梨木家具。」

「當時文革可是殺紅了眼啊，特級黃梨木家具根本無法保留，不然那些古董家具行也會成爲下一個被肅清的對象。」狐狸男接著說，「所以他們巧妙的把黃梨木拆成凳子型態，藏到家具角落，藉此保留這些頂級黃梨木。」

「對！」鍾聞繼續繞著二手衣櫃而走，讓鼻子進行吸取這二手衣櫃的氣味，來自木料深處，那曾經卓然立於森林，縈繞原始陽光與濕潤靈氣的氣息，「因爲黃梨木都被鋸開了，所以後來礙於尺寸，都只能做小椅、小櫃，或是小門……這二手衣櫃用上這麼大塊的特級降香黃梨木，還眞是……眞是不得了！」

「對啊，可眞是不得了！」

「這樣黃梨木家具，至少可以賣上百萬，但卻被限期三天內求售？」鍾聞興奮之情過去，開始冷靜下來。

他鼻子，持續吸取著二手衣櫃散發的氣味。

在溫和的降香之中，確實還混著別的東西。

乾涸的，扭曲的，心臟悸動的，讓人不安的氣息。

「是啊，如果不是有這樣奇怪的需求，這樣的寶物根本輪不到我們黑市來賣。」狐狸男咯咯的笑著。

「這氣味是什麼？」鍾聞彷彿沒有聽到狐狸男說話，只是自言自語著，「這氣味是什麼？」

「三天，也就是七十二小時，打從我接貨開始，已經過了四個多小時，時間不多……」

「這氣味是……」鍾聞眉頭深深的皺起來，「是血！」

「喔？」

「這衣櫃裡面，降香之中，混著血的味道，而且還不只一種血。」鍾聞猛然轉頭，瞪著狐狸男，「有些血年代久遠已經乾了，有些血卻很新鮮，這衣櫃到底是什麼!?」

「挖勒！連新不新鮮的血都聞得出來？你是狗喔？緝毒犬？」

「告訴我，這衣櫃到底發生過什麼事？爲什麼裡面有這麼多不同血的味道？」

鍾聞朝著狐狸男往前站了一步，也就這麼一站，鍾聞卻感覺到背後的衣櫃，彷彿動了一下。

彷彿什麼東西，正從衣櫃裡面，透過門縫往外看去。

鍾聞急忙回頭，卻發現衣櫃根本沒有動。

「門，剛剛不是關著的嗎？」鍾聞走近，發現剛剛緊閉的衣櫃門，好像推開了一個縫，細細的，從裡向外悄悄推開。

「我們黑市拍賣東西，豈可問來歷！」狐狸男冷笑，「要不要賣？一句話。」

「這種東西……」鍾聞正要回答，忽然見到狐狸男雙手同時伸出，各比了一個數字。

在拍賣時，爲了避免被客戶看破數字底線，其實充滿了數字的暗號。

而這剎那間，鍾聞看明白了，狐狸男開的價格是什麼！

鍾聞深深吸了一口氣。

這樣的價格，可以讓他還去不少債務，他的房租也積欠了兩個月了，房東可能又要來敲門了，而每次房東帶著怒氣敲門，鍾聞總會看到女兒鍾容害怕的眼神，那是鍾聞最不想見到的。

「怎麼樣？三年前跌到谷底之後，這筆錢對你而言幫助很大吧？」

「……」鍾聞吐出長長的一口氣，思考了數秒，他終於屈服了，「好，我賣。」

一，二，三，鏡頭打開。

鍾聞再次出現在鏡頭前，而這次他身邊多了一個被布蓋住的物體。

「各位觀眾，又到了每日一次的拍賣時間。」鍾聞依然戴著面具，用他充滿說服力的語氣，開始了他的直播，「這次要賣的東西，各位猜到了嗎？」

網頁下方的留言，開始一串串的出現。

「好大的東西，這次不是玉珮？」

「感覺也比畫還要大？這是啥？不會在賣銅像吧？金正恩的銅像？」

「應該是老蔣的吧？從慈湖偷出來的吧？不對，真正珍貴的是那些還沒被收入慈湖的銅像。」

「看布的外緣很方正，應該是方形的物體？難道是鐵籠？這次要賣動物？」

「賣動物就很有趣了，難道是熊貓？」

「傻了嗎？那是保育類好嗎！」

「保育類才珍貴啊，別忘了這是黑市拍賣，越是見不得光的拍賣，越適合在這裡啊！」

下方的討論串熱烈，上線人數也不斷增加，轉眼破了五萬，而就在此刻，鍾聞才緩緩起身，一手拉住布，嘴角同時揚起。

「此刻，宣布答案。」鍾聞手用力一拉，「這次要拍賣的東西……就是……」

布如水流滑下，露出了底下物體的眞面目。

這剎那，底下留言先是一頓，隨即露出失望的聲音。

「衣櫃？」

「啥？衣櫃？衣櫃有什麼好賣的？」

「這裡是IKEA嗎？有沒有搞錯？」

「我剛剛還看一下網頁名稱，確認一下這裡是不是家具板？」

鍾聞對這些留言沒有太大反應，甚至可以說，這些網路反應對他而言似乎是早就在預料之內了。

「這衣櫃，」鍾聞罕見的拉過一張椅子，然後悠閒的坐下，「我只說三句話。」

「三句話？笑死，幹嘛？一是放棄，二是抱歉賣不出去，三是從此再見？」

「第一句話，聽好了，」鍾聞一字一字的說，「衣櫃板，尺寸兩公尺乘上一公尺。」

「哈哈哈，這是第一句話？太好笑了！」

「這是數學？不會吧？數學這東西不會就是不會啊！」

「真的把自己當作IKEA？一開始先說規格啊？」

散發獨一無二的降香，面積超過兩公尺的黃梨木，又做成一個衣櫃，表示這貨就算不是明清以前帝王之家的古物，也是從珍貴古物中改造而來。

這樣的寶物，若是在正統的拍賣市場，賣到三、四百萬以上都有可能，若再綁著民族情感，像是中國頤和園被八國聯軍搶走的十二生肖石像，賣到五百萬以上都有可能。

就在留言板裡面的酸民來不及反應，價格已經衝上一百六十五萬，而就在三次詢問沒有人追加之後，鍾聞沒有任何猶豫，敲下了定價鎚。

「賣出。」

鍾聞賣得如此爽快，也有他的顧忌，那就是混雜在降香中的血氣味。

這衣櫃本體也許尊貴，但這漫長的歲月中，它到底發生了什麼事？還有那詭異半開的門？它到底是什麼？無論如何，早點脫手，讓佣金入袋爲安，才是上策啊！

當拍賣完成，鍾聞喘口氣，關上直播螢幕時，突然他又聞到了氣味。

血的味道。

血的氣味從他背後而來，而他的背後只有一個東西，就是那個二手衣櫃。

他陡然回頭，卻見到又一次，二手衣櫃門，悄悄的打開了一條縫。

而如鐵銹般的血的味道，正是從縫中滲了出來。

這刹那，鍾聞想到，這衣櫃不會是因爲知道自己被賣掉，就要去下一個主人那裡，所以有了反應吧？

門縫打開，血的味道如鬼魅般流淌而出，又是一個什麼樣的反應？

難道，它是在開心嗎？

這一天，五點以前，鍾聞已經回到了那間百戶老樓的小小住處。

這次他買了一整隻的北京烤鴨，加上幾道熱炒，而當鍾容回家，鴨肉油脂的香氣已經瀰漫了整個屋子。

「哇！」鍾容一回家，立刻發出驚喜的聲音，「爸爸，有烤鴨，我們好久沒吃烤鴨了，要慶祝什麼事嗎？」

「想說很久沒吃了，就來吃一下囉。」鍾聞正在佈置餐桌，一整隻片好的烤鴨、一疊還熱著的荷葉餅皮、清爽的大蔥、幾道青菜，把向來儉樸寒傖的餐桌，變得華麗閃亮。

「爸爸，你今天賣出很厲害的東西嗎？」鍾容是個聰明的姑娘，歪頭猜到。

「呵呵，是還不錯。」鍾聞微笑，二手衣櫃佣金不少，可以還掉一大筆債務不說，還可以讓兩人過上大半年好日子。

「爸爸你好棒！」鍾容開心的笑著，「烤鴨好好吃！」

「嗯。」

「對了，」鍾容像是想到什麼似的，「我今天也有開心的事喔！」

「什麼事？」

「我在電梯，又遇到那個身體香香的姐姐了。」鍾容微笑。

「啊，妳說她叫什麼名字？小……小杓？」

「對啊！」鍾容說，「我說姐姐身上很香，她還給我看了一個音樂盒，打開之後，還會發出貓咪的聲音，超～好～聽～」

「會發出貓咪叫聲的音樂盒？真是怪東西，這棟大樓裡面果然怪人很多。」

「她還說，貓咪喜歡我，更說如果我喜歡香氣，她下次可以做一個香包給我。」

「香包……」鍾聞天生具有驚人的嗅覺，他感受到鍾容身上確實沾染著特殊的香氣。

那是中藥香灰的香氣，確實是很舒服，很安定人心的氣味。

彷彿光從味道，就能感受到暮鼓晨鐘的大廟，那強大而安穩的力量。

但也在同一時間，鍾聞突然想起了另外一個完全對比的氣味，二手衣櫃！

同樣寧靜人心的降香之中，卻被混入了血的味道。

而這血的味道，更在衣櫃被賣出的那一瞬間，突然濃烈而鮮明起來。

想到這裡，鍾聞頓時感到一陣莫名的心慌。

「爸爸，爸爸，怎麼啦，你在發呆？」

「沒事。」鍾聞急忙搖搖頭，「只是想到工作上的事。」

「爸爸好辛苦。」

「不會啦。」

「那下次你帶我去，我來替你打氣！」

「呵。」

鍾聞乾笑了一下，關於那個二手衣櫃，他只希望是自己的錯覺，而且賣出去之後，再也不要見到它了。

只是鍾聞沒有料到的是，他竟然又會再次見到這衣櫃，時間，就在不多不少的三天之後。

3.

當狐狸男再次把這二手衣櫃放到鍾聞面前時，鍾聞確實感到震驚。

「同一個？」

「對，同一個。」

「爲什麼又回來了？」

「黑市規矩，貨物不問來歷。」

「放屁！什麼不問來歷！」鍾聞握拳，同時間，他的鼻腔湧入了二手衣櫃的氣味，讓他身軀一顫。

氣味更濃了，血的味道。

而且是更新鮮、更騷動、更貪婪的血味。

彷彿眼前不是一個二手衣櫃，而是一個籠子，裡面正關著一頭剛剛吃過人的野獸。

「同樣的規矩，三天內賣出。」狐狸男比出了3。

「不賣。」鍾聞低吼，「這東西媽的是什麼！血的味道更濃了！我問你，前一個買櫃子的人發生了什麼事？」

「血的味道？嘿，全世界只有你這種像狗的鼻子才聞得到。」狐狸男冷笑，「你確定不賣？」

「我們拍賣師盜亦有道，可以騙人，但至少不能害人性命。」

「如果你盜亦有道，三年前就不會有那件事了。」狐狸男再笑，弧線的眼睛，弧線的嘴巴，看似無害的臉，其實陰沉得可怕，「來，那如果是這個價碼呢？」

狐狸男邊說，雙手又比了一個數字。

看見這一組數字，鍾聞呼吸停住了。

這衣櫃背後是什麼來頭？爲什麼肯出這樣的錢？

「鍾聞，怎麼樣，心動了吧？你欠的債足夠讓你三輩子翻不了身，但有了這些錢至少讓你這輩子好過些。」

「……」鍾聞握著拳頭，他確實在猶豫。

「鍾容眞是一個可愛的女孩，你捨得讓她過苦日子嗎？」

一聽到鍾容的名字，鍾聞陡然抬頭，瞪著眼前的狐狸男，而狐狸男依舊是那弧線的瞇瞇眼，乍看無害，實則可怕。

「不准你對我女兒動手！」

「這得看你的態度啊，再賣一次，賣掉就沒事了。」

「再賣一次……」鍾聞吐出了一口氣，苦笑，「這東西已經賣過一次，再賣一次老客戶會識破。」

「喔那你有什麼辦法？」

「反正那位老闆也不管賣的價格多少？三天內賣出去就好？」

「沒錯。」

「那我知道了，交給我吧。」

「好，就麻煩你啦，讓我看看拍賣五絕中，鼻的厲害吧。」狐狸男笑著，他的笑容，莫名的讓人打了一個寒顫。

鍾聞這次沒有把這帶著血味的黃梨木衣櫃推上拍賣台，他反而坐在椅子上沉思一會兒，才拿起電話，打給了一個人。

「喂。」電話響了兩聲，對方聲音傳來，聲音清脆，是個女子，「真沒想到你會打給我。」

「我需要幫忙。」

「什麼忙？」

「我需要賣一個東西，我需要妳的技術。」

「哈哈哈。」對方突然笑了起來，「你需要我？堂堂拍賣五絕中的鼻，會需要我？」

「這東西我賣掉過一次，它又回來，我無法用一樣的技巧了。」

「喔？回頭貨？」對方女子沉吟了一下，「該不會忘記我們這行的老規矩吧，別動回頭貨啊。」

「我有苦衷。」

「女兒？」

「嘿，你倒是瞭解。」

「嘿，你啊，最大弱點就是女兒，但也是你唯一可取的地方了。」對方嘆氣，「好啦，你要賣什麼，告訴我。」

「一個二手衣櫃，黃梨木，降香。」

「降香黃梨木衣櫃啊？嘖嘖，這東西不得了，文革後這樣的東西沒剩幾件了，不會是全木衣櫃吧？」

「是。」

「這東西哪要我出手？就算是回頭貨，黑市價也賣破百萬吧，你第一次賣多少？」

「一百六十五萬。」

「……」對方深吸了一口氣，「寶刀未老啊你！」

「不過，這貨慢慢擺，肯定賣得出去，只是賣家有一個怪規矩。」鍾聞說，「一定得三天賣掉。」

「三天賣不掉會怎麼樣？」

「我不知道，但這就是這次拍賣的規矩。」

「嘿，真怪，不過黑市就是這樣，祕密與故事特多，不可多問，好啦我懂了，貨物很珍貴，而且是回頭貨，又有三天期限，所以你得找上我幫忙。」對方說，「那價格上，得照規矩來。」

「沒問題。」

「說定了。」對方的聲音上揚，彷彿也因爲這件貨物的拍賣而興奮起來，

「等會兒我去找你看貨，順便讓你見識一下……」

「嘿。」

「我，」對方發出呵呵的笑聲，「五絕之中，拍賣師之眼的厲害。」

拍賣師之眼，是一個女子，短髮，戴著墨鏡，身材姣好，她名叫藍睛，此刻她正環繞著二手衣櫃而走。

「怎麼樣？」鍾聞看著她，「三天內，賣得出去嗎？」

「當然，你當我是誰？」藍睛用塗著七彩指甲油的指尖，輕觸這衣櫃，「不過，這東西很邪門，你哪弄來的？」

「不是我弄來的。」鍾聞搖頭。

「不管是誰弄來的，都不是好東西。」藍睛輕笑一聲，「但都難不倒本姑娘

就是了。」

「那妳打算怎麼做？」

「一個小時，一個小時我就讓它脫胎換骨。」

然後，鍾聞睜著眼睛，他看到了與自己齊名的拍賣師之眼的功夫。

首先是，燈光。

藍晴從包包中拿出了小型的照明燈，在二手衣櫃附近擺設燈光，上黃光，下白光，仰角六十二度，左側預留些許陰影，右側完整呈現。

再來是，擺設。

藍晴打開了衣櫃門，開門時她微微皺了眉頭一下，鍾聞知道藍晴對嗅覺沒有自己厲害，但她應該也是感覺到了什麼。

藍晴皺眉只是一瞬，隨即回復了原本充滿自信的模樣，她先是在衣櫃附近擺上幾盆花，側邊擺上一幅線條簡單舒服的彩色畫，然後她想了想，又在衣櫃裡掛上衣服，她選了白色的外套。

接著是，拍攝。

藍晴親自拿起攝影機，繞著二手衣櫃而走，一會兒正面拍攝、一會兒蹲下拍攝、一會兒單手由上而下拍攝。

在藍睛的攝影眼中，此刻二手衣櫃彷彿不再是一個老家具，而是一個高挑豔麗的模特兒，呈現出它最完美的模樣。

當藍睛收起了攝影機，鍾聞問道，「就這樣了？」

「還沒，」藍睛說，「還得找個人拍個影片。」

「影片？」

「你好歹也是一個拍賣師，你不知道現在網路賣東西，都要有個人來玩開箱影片嗎？」

「哼。」

「老友啊，再不用點功，就要被時代淘汰囉！」

不久之後，藍睛找來一個中年女子，這中年女子開始拍攝藍睛所謂的「開箱影片」，而且女子用的工具只是手機，拍攝手法也不專業，東一榔頭、西一棒槌，連黃梨木這幾個關鍵字都沒有說，只說這是她見過最好的原木家具，擺在家裡一定很可愛之類的。

「一點都不專業。」鍾聞再次皺眉。

「傻瓜，開箱文如果專業，就知道是行家拍的，網路上就沒人相信了。」藍睛回播這段影片，露出相當滿意的神情，「網路那些酸民精得很，最愛挑三撿四挑破綻，就是要給他們一個滿是破綻的影片，這樣他們反而就信了。」

「又是拍攝照片，又是開箱影片，又是網路酸民，妳打算怎麼賣？」鍾聞看著藍睛，「三天是七十二小時，被妳這麼一弄，只剩下六十幾小時了。」

「打算怎麼賣？那還用說……當然是，直接丟上購物網賣啊。」

「啊？」

「你就看看什麼叫做『願者上鉤』吧。」藍睛笑得甜，然後動作很快，熟門熟路，一下子就把資料傳上了購物網頁。

「放到購物網上，上頭那麼多商品，少說百萬，你要怎麼在三天內賣出去？」

「放心吧。」藍睛又陸陸續續將資料上傳了幾個大的商品網站，M網站、B網站、P網站、蝦網站……「三天，我還嫌長呢。」

鍾聞看著藍睛，她已經哼著歌曲，開始收拾帶來的工具了。

「那接下來呢？」

「回家吧。」藍睛微笑，「咱們等結果就好。」

鍾聞只能嘆氣，好歹也是五絕之一，這個拍賣師之眼藍睛，不會眞的唬弄他吧？另外，鍾聞也忍不住想，這賣家不斷提起的「三天規則」，如果沒有完成，又會怎麼樣呢？這帶著血氣的二手衣櫃，又爲什麼這麼邪門呢？

想到這，鍾聞又彷彿感受到了什麼，猛然回頭。

二手衣櫃的門，不知道何時，又打開了一條細細黑黑的縫。

縫中，好像又有什麼東西正在往外看著。

「趕快賣掉。」鍾聞嘀咕著，「這次賣掉之後，我不想再見到這東西了。」

五點，鍾聞又回到了家裡。

這次他煮了咖哩飯，把蔬菜洋蔥紅蘿蔔等炒熟，加入水與咖哩塊，就是一鍋老少咸宜的晚餐。

然後他聽到背後門傳來鑰匙孔的聲音，接著是熟悉無比的女孩聲音傳來。

「爸爸，我回來了，好香喔！」這是鍾容的聲音，「是咖哩飯嗎？」

「嗯，是啊。」鍾聞微笑，把裝滿整鍋的咖哩放到了桌上。

而鍾容把書包丟下，洗手，立馬跳上餐桌。

「爸爸，今天工作很忙哂？等一下還要工作嗎？」

「咦？妳怎麼這麼說？」

「因爲爸爸每次工作很多，多到要用到晚上時間的時候，都會煮咖哩飯來安撫我啊。」鍾容拿一個大碗，裝了滿滿的咖哩，「從我很小的時候就這樣了。」

「哈哈，妳這個鬼靈精。」

「那爸爸有什麼工作呢？」鍾容問。

「我要等一個貨物賣出去。」鍾聞說，「一個衣櫃。」

「眞的啊？衣櫃？」鍾容正要繼續問，忽然，鍾聞鼻子動了動，好奇問道。

「容容，妳身上什麼味道？」鍾聞好奇的問，「啊，大廟香灰？」

「對啊，爸爸你好厲害。」鍾容臉上堆滿興奮，從口袋掏出了一個約莫兩公分平方的物品，「我今天又在電梯遇到小杓姐姐囉，這是她給我的。」

「這個是？」鍾聞伸出手，接過了那物品，柔柔軟軟，粗布編織而成，竟是一個小香包。

而來自廟宇，以中藥煉製，更承載了信徒祝禱的香灰氣息，就是從這小香包中散發出來。

「小杓姐姐記得和我的約定，送我的小香包，我好喜歡，這味道聞起好舒服，爸爸，我記得我們去過一些寺廟，聞過那裡的香灰，都沒有小杓姐姐的香包來得舒服。」鍾容臉上是可愛無比的笑容。

「嗯，確實如此。」鍾聞將香灰放在鼻尖，一陣舒坦安寧的香氣飄過，這剎那，他彷彿聽到暮鼓晨鐘，伴隨冉冉上飄的輕煙，善男信女虔誠合掌祝禱。大廟，果然是大廟。

「不過小杓姐姐除了送我香包以外，還對我說了其他的話。」

「嗯？」

「『黃泉之物莫執念，迷途知返方可救。』。」

「啊？」鍾聞一愣，「什麼意思？」

「我也問小杓姐姐什麼意思，小杓姐姐只是搖頭，然後說『妳家裡除了妳，還有一個爸爸吧，把這段話說給他聽，他會明白。』然後叫我把香包給你。」

「這香包給我……所以是說給我聽的嗎？」鍾聞握著香包，自言自語，忽然間，他想起了那東西，二手衣櫃。

「黃泉之物莫執念，迷途知返方可救」的意思，是如果再碰這東西，遲早會出事嗎？

鍾聞想到這裡，想起鼻腔湧入的血腥味，還有那莫名開啓的衣櫃門縫，甚至是門縫後面的悄然對外凝視的眼睛。

他確實不該再沾染這事了，應該立刻告訴那個臭狐狸男，他不管這事了。

而就在鍾聞下定決心拿起手機，要徹底斷絕這件事時，忽然，他看見手機上跳出了一個訊息——

「恭喜賣出，貨物名稱：二手衣櫃。」

賣出了？鍾聞一愣，隨即電話打來，那是充滿自信的女音，正是藍晴的聲音。

「厲害吧！從放上網路到賣出，只用了四小時二十二分鐘。」藍晴笑著，「見識到我拍賣師之眼的厲害了吧。」

「竟然這麼快就賣掉了，這是衣櫃家具耶，在網路上有這麼好賣嗎？」

「那是因爲老娘親自出手啊，記得要給我的抽成喔。」藍晴笑著掛上電話。

「好。」當電話被掛掉，鍾聞手指移動，按下了剛剛售出的網站網址，同時也看到了藍晴上傳的二手衣櫃照片，正當他還在思索藍晴的拍賣手法時。

忽然，鍾容已經湊了上來，看到爸爸的手機畫面。

「爸爸你在看什麼……啊，這衣櫃好可愛，大大的，顏色雖然老老的，但復古得很可愛。」鍾容眼睛直盯著衣櫃的照片，露出沉迷的眼睛。

而看著女兒的表情，鍾聞忽然明白了，為什麼會這麼快被賣掉了——

這是「眼緣」啊！

所謂的「眼緣」，就是人們眼睛看到物體的第一眼，就莫名的對這物體產生喜愛、親切感，甚至衍伸出強烈的購買衝動。

同樣的衣櫃，藍晴透過特殊的打光、拍攝角度、物品擺設給東西加彩，竟讓這衣櫃產生強烈的「眼緣」，讓每個點下這張照片的人，都產生了接近一見鍾情的情感。

藍晴不愧是拍賣師之眼，她懂得用眼睛來鑑定貨物，也就懂得透過相同的手法創造「眼緣」來吸引顧客。

當然，藍晴不只創造出讓人衝動的「眼緣」，她肯定投入部分金錢讓各大販售網站把這個二手衣櫃列為熱門推薦商品，且又找人拍攝拙劣的開箱影片，來藉此取信那些善疑的網路買家。

一步一步，讓這次販售變得無懈可擊，高明。

鍾聞讚嘆，果然高明啊！

「這就是爸爸今天賣掉的貨物，」鍾聞比著手機畫面，「二手衣櫃。」

「原來爸爸都賣這麼可愛的東西啊。」

「一般不會說二手衣櫃可愛吧？」

「可是這照片看起來就是這麼可愛啊。」鍾容是小女孩，一旦對某物產生可愛的感受，就無法抗拒，「爸爸，你都賣這種貨物，下次眞的要帶我去喔。」

「傻瓜。」鍾聞搖頭，這也表示藍晴眞的高明，同時間，他又收到了藍晴的訊息。

訊息是買家的資訊，應該是要讓鍾聞安排衣櫃出貨事宜，下一個買家應該是個女生，鍾聞瞄一眼地址，那是一個新的社區，新搬入的住戶，總是更易添購家具。

這是鍾聞身爲拍賣師的習慣，由極小的線索判斷買家的身分，上次他的拍賣法，吸引到的應該是對古物有熱情的買家，多半是四十歲以上中年男子，而這次藍晴的手段，則引誘到三十幾歲的女子嗎？

話說，上次的買家只拿到幾天就退回了，難道有什麼客訴不滿嗎？上次忘記問了，找時間再問一下狐狸男吧。

鍾聞思考之際，渾然忘記小杓曾提過的警告：『黃泉之物莫執著』。他找到狐狸男安排出貨，同時將賣家匯款提了部分佣金給藍晴。到了晚上，他又收起餐桌，由櫃子中拿出棉被與床鋪。

開著櫃子時，鍾聞忍不住想著，這一筆再賺到，也許過一陣子就可以搬離這個小地方了。

百戶老樓的住戶向來都是來來去去，有人深潛等待遨翔，有人帶著故事藏於此處，有人則習慣在此爲樂，就像那個小杓，一身獨特的大廟香氣，肯定也是一個有故事的人，但她卻多次與鍾容相遇，想必也和這百戶大樓有所牽連吧。

只是，鍾聞雖然帶著搬離老樓的喜悅情緒入睡，事實上，這個晚上睡得並不安穩。

原因是她的女兒鍾容。

夜晚時，鍾聞聽到女兒發出夢囈呻吟，更如夢遊般伸出手，比著他們床鋪旁的大櫃子。

「門縫，開了。」女兒全身僵硬，如此夢囈著，「裡面的東西，要出來了。」

什麼東西要出來了？

鍾聞忍不住睜開眼，盯著眼前家中的大櫃子，彷彿，櫃子的門正悄悄的被推開一條縫。

黑暗中一雙眼睛，正由裡頭往外瞧著。

但下次眨眼，又是平靜無奇的櫃子。

就這樣，反反覆覆，鍾聞過了一個難眠的夜。

4.

日子很快繼續往前，轉眼間，又是三天過去。

這幾天內，鍾聞繼續在黑市拍賣，戴上半臉面具，拍賣著各種稀奇古怪的大路貨。

一幅仿宋朝瘦金體仿到完全相同的書法，一盒有著經典噴火龍卡片的寶可夢卡片，知名棒球運動選手在九局下半擊出再見全壘打時的汙泥球衣。

鍾聞懂氣味，懂得判斷出這些東西的來歷與價值，所以他才懂得賣，也能透過歷史製造故事來挖掘出賣家的欲望。

兩次二手衣櫃的販賣，也讓鍾聞減少了不少的負債壓力，讓他想搬離老樓的夢想，越來越近。

而就在這一天，鍾聞也終於履行了對女兒的約定，因爲鍾容學校補假，讓鍾聞難以拒絕的帶鍾容到自己的工作場所，讓鍾容看看自己爸爸工作的模樣。

這天，是剛下過雨的秋天時節，所謂一陣雨一陣寒，秋天就是這樣，隨著每次下雨，氣溫就會低上一點，等到陣陣秋雨停了，人們才赫然發現初冬已經到了。

也因爲氣候變動大，鍾聞特別要鍾容穿上外套，然後到了工作場域，鍾聞開始進入工作狀態，和工作人員幾次討論接下來要賣的貨物，更集中精神準備接下來如同表演般的拍賣直播。

這段時間，鍾聞倒是不太擔心鍾容，因爲他知道鍾容雖然只是十歲的小女孩，但可能因爲跟著爸爸一起吃過苦，比其他小孩更爲早熟而懂事，加上工作場域原本也沒什麼危險物品，所以鍾聞就不太管鍾容，讓她自己一人在旁邊晃著。

這天要拍賣的是一枚子彈。

據說是從盧溝橋附近挖出來的子彈，子彈上頭還刻著當時國軍的編號，被認爲是當時整個中日八年抗戰時的一發子彈。

從上頭古老的火藥味道，和鐵製品被長時間埋在土壤裡融合出來的苦鏽味，鍾聞知道這枚子彈可能不是瞎貨，拍賣會中，鍾聞講起那段混亂與悲傷的戰爭故事，隨著故事的推進，拍賣的價格也逐漸上升。

不過，鍾聞也知道這樣的近古文物，再怎麼煽情販賣都有其價格上限，一來是因爲這裡是黑市，無法開證明，貨才會流入黑市拍賣，這裡就是各種貪婪者屠殺價格的戰場。

二來則是買者小眾，如果是美麗的藝術品，就算不懂藝術，擺在家裡也是賞心悅目，但這種背負歷史傷痕的商品，只有少數狂熱的行家才會被吸引。

經過幾輪的喊價較勁，最終鍾聞敲下小木鎚，完成了本日最大的一筆拍賣。

隨即，又是幾筆小商品的販賣，這些都是沒啥特色的東西，利潤也不高，鍾聞不追求高價，輕鬆賣出。

等到整個忙完，已經接近中午，鍾聞終於可以關上攝影機，坐回自己的沙發區，準備和女兒鍾容一起吃午餐。

不過，當鍾聞回到沙發區，他卻微微愣住，因爲沙發上除了女兒，還多了一個會讓鍾聞皺起眉頭的身影。

高挑瘦長的身材，臉上五官線條都是弧線，彎彎的眼睛，上揚的嘴角，宛如狐狸般的男人。

「狐狸男，你來幹嘛？」鍾聞戒備。

「我來，不就是推薦好東西給你賣嗎！」狐狸男咯咯的笑著，「你女兒又漂亮又懂事耶，實在不像是你的遺傳啊。」

「不用你管。」鍾聞直接坐到狐狸男對面，順勢把女兒往身邊拉，「你到這裡幹嘛？」

「找你賣東西啊。」狐狸男繼續笑著。

「什麼東西？」鍾聞戒備的說。

「喏，就那東西囉。」狐狸男手往鍾聞的身後比了比，「你不會忘記它了吧。」

「不會忘記什麼……」鍾聞只感覺到一陣不好的預感，手不自覺用力抓著沙發的把手，慢慢的，慢慢的轉過頭去。

然後，當他看清楚了背後的那東西，他腦海頓時「轟」的一聲。

而在他腦袋嗡嗡作響之時，耳邊更傳來女兒可愛的聲音。

「爸爸，你上次給我看的照片，很可愛的衣櫃，竟然還在這裡耶！」

「……」鍾聞咬著牙。

「不過上次看的照片比較可愛，看實物，嗯，怎麼說，好像沒有那麼可愛了，雖然它還是很美，但好像有一點點凶。」

「……」鍾聞瞪著那衣櫃，又聞到了，更濃了。

血的味道。

它吃了更多了，所以血的味道更濃了。

「我不接單！」鍾聞突然用大音量對狐狸男說道，「我不打算接這單子了，你送回去給賣家吧！不接了！」

「真的不接？」

「一個貨物賣出後被退回，連續兩次，其中必有鬼！」鍾聞咬著牙，試圖壓抑內心湧現的不安，「拍賣師不接回頭貨，這是原則。」

「但第一次你接了啊。」

「僅此一次，下不為例。」

「但我覺得你非接不可耶。」狐狸男雙手掌心朝下，下巴頂在指節之上，他用這個角度，由下往上看著鍾聞。

看似溫和的細長的眼睛中，透出陰森狡詐的光芒。

「哪有非接不可這件事，銀貨兩迄，我既然不接，你又有什麼辦法？」

「你不管那些債務？給女兒的好生活呢？」

「不管了，不接。」鍾聞瞪著狐狸男，大聲的說。

此刻，他腦海中響起女兒轉達自那位從未謀面的小杓姐姐說過的話——

「黃泉之物莫執念」

此物如此詭異，連被退回兩次，每次都帶回了更濃的血腥味，就怕它真的不是該人間之物，而是黃泉之物。

無論他多想給鍾容更好的生活，但也不能以此黃泉之物來獲得。

「不過，我覺得你還是非接不可。」狐狸男又重複了一次，那由下而上看來的細長眼睛，讓鍾聞莫名的背脊發寒。

「你沒辦法逼我。」

「我懂了，我把東西留在這，你自己考慮，對了，你不妨多考慮一件事……」狐狸男笑了，慢慢起身，「那就是你女兒的外套到哪去了？」

外套？

鍾聞轉頭看向女兒，原本因爲入秋時穿上的薄外套，此刻果然不在她身上，工作室是室內環境，加上一些燈光和器材，本來溫度就高，所以鍾容脫掉外套挺正常，但經過狐狸男一提醒，鍾聞忍不住問。

「容，妳的外套在哪？」

「外套？」鍾容一愣，黑白分明的眼球緩緩移動，移向了鍾聞背後的那東西。衣櫃。

「剛剛那個叔叔說，這裡有一個漂亮的二手衣櫃，妳爸爸等一下就要開始賣了，問我要不要把外套掛上去看看。」鍾容聲音帶著怯懦，「爸爸……爸爸，怎麼了嗎？」

下一秒，鍾聞快速起身，他拉開衣櫃，一手抓住裡面的白色外套，然後回扔到了沙發上，同時對著狐狸男吼道。

「滾！」

「好好好，我走，但記得好好賣啊……」狐狸男慢條斯理的朝著門外走去，「別忘了，你只有三天啊。」

「滾！」

「讓我們看看拍賣師之鼻的厲害吧，哈哈哈。」狐狸男繼續笑著，就算門已經關上，笑聲如鬼魂般，迴盪了數秒，「哈哈哈哈。」

「爸……」鍾容聲音中充滿了恐懼，她有感覺，一定做錯了什麼？不然爸爸不會那麼緊張？

而鍾聞只是喘著氣，他感到無比驚恐。

必須三天內賣出，連續被退貨，越來越濃的血腥味，無人時會自己打開的櫃門，還有門縫後的眼睛，黃泉之物莫執念……

女兒已經把外套掛上去了，是不是就表示……

「沒事的，這一切都是胡思亂想而已，只是掛上外套而已，沒事的。」鍾聞伸手抱住了鍾容，他身軀在顫抖，「我會把它賣掉的，不過就是一個衣櫃而已嘛，沒事的，一切都是胡思亂想而已。」

糟糕的是，拍賣並不順利。

因爲這已經是回頭貨，回頭貨再由同一個拍賣者販賣，就是大忌。

因爲買家會覺得這東西肯定有毛病，而且是不小的毛病，不然不會賣掉了又被退回來。

這樣的貨如果擺久一點，遇到有緣的買家，還是可以賣掉的，但偏偏只有三天，時間掐頭去尾，鍾聞能用的時間已經不到六十小時。

第二次鍾聞就是爲了避免這樣的狀況，才找來另一個拍賣高手藍睛來幫忙，透過藍睛獨特的販售管道，確實成功在三天賣出。

但這一次，二手衣櫃又從藍睛的管道退回來了。

而且，鍾聞也不是沒有再找藍睛幫忙，奇怪的是，這個整天拿著手機、靠著網路創造巨大財富的女子，竟然沒有接電話。

失蹤了？藍睛失蹤了？

鍾聞感到不安，在尋思該如何賣出這二手衣櫃的同時，他開始試圖聯繫過去的買家，他想知道他們是否知道衣櫃的來歷，又爲何要把衣櫃退回來。

但當他開始聯繫，他才發現，令他感到慌張的事情還在後面。

「失蹤了!?」鍾聞打電話給第一個買家，那個花了一百六十五萬的男子，

「你說他四天前就不見了，沒有人知道他去了哪！」

「你確定他沒有留下什麼線索？什麼？你說他在失蹤前一天，一直說著『門，門被打開了』，『那東西，那東西……』。」

鍾聞感到背脊發涼，男子失蹤，藍睛也失蹤，難道他女兒鍾容……

帶著慌亂的情緒，鍾聞又找到藍晴當時留給他的第二個買家資料，鍾聞用顫抖的手指播出了電話。

「您的電話無人接聽……」

也是失聯了!?

第二個買家應該是完整的家庭，竟然拿到衣櫃後整個家族都不見了！

而當鍾聞繼續調查下去，發現曾有兩個人去過那梁小姐的家，留下了一些線索，那些線索指向梁小姐一家的失蹤絕對和這個衣櫃有關，所以才會慌忙的把衣櫃又退回來。

而狐狸男就是那個把衣櫃帶回來的人。

在鍾聞調查這些事情的時候，三天的死線不斷逼近，但他無論用什麼手段，這衣櫃就是賣不動。

明明就是降香黃梨木，明明就是頂級衣櫃，網路上對這衣櫃的叫價，就是一片死寂。

鍾聞也開始學習藍晴的手法，拍幾張衣櫃的照片，丟到各大拍賣網去販售，但不知道是因為他的手法比不上藍晴，還是另有原因，不只沒有人下單，甚至連點閱的人數都沒破百。

時間，已經快到底了。

鍾聞越來越急，他找不到拍賣師之眼藍睛，甚至轉向找拍賣師之耳沈寞，沈寞此刻已經住在精神病院中，他在會客室中見了鍾聞，原本沉默不語的他，忽然歪著頭，像是聽到什麼似的，笑了。

詭異的笑了。

「這是什麼聲音？」沈寞身形高帥，但此刻他睜大眼睛，咧嘴笑著，「從你背後傳來的，這是哭聲嗎？」

「什麼哭聲？」鍾聞悚然一驚，急忙轉頭，背後空空一片。

「不不不，這是笑聲。」沈寞咯咯的笑著，「老朋友啊，你帶來的這東西，正在笑呢，他笑著說，這次是十歲的女孩呢。」

「混蛋！」鍾聞用力一搥桌子，轉身就走。

「他說，那個十歲女孩，他要定了。」沈寞說這話的時候，舌頭伸得老長，彷彿被繩子勒住脖子的老鬼。

不斷說著，十歲女孩，他要定了。

十歲女孩，他要定了啊。

鍾聞沒有繼續和沈寞說話，他急忙離開精神病院，時間不夠了，他必須找到辦法……

五絕中排行越後面越高明，價碼越高，也越難被找到，短短三天，鍾聞終究沒有找到最後兩個——「口」與「手」。

這段時間，女兒鍾容似乎也感受到了什麼不祥的東西，夜晚睡覺時，她會伸手緊抱著爸爸，低語著。

「爸爸，我又夢見了衣櫃，衣櫃的門，每一次都多打開一點……好恐怖，爸爸，好恐怖……」

鍾聞不敢想像，當衣櫃的門全部打開，會是怎麼樣恐怖的光景？

鍾聞也嘗試隨便找一個人頭代買這個衣櫃，只要完成像是「過水」的手續就好，但奇怪的是，彷彿驗證著沈寞那句「他要定了」，所有的人頭買賣全部都失敗，那些貪戀小錢的人頭，要不突然失聯，要不就是乾脆拒絕了鍾聞。

終於，當鍾聞的手錶指針就要指向夜晚十二點時，三天期限就要到了。

鍾聞決定做最後一件事。

他帶著粗繩，把衣櫃一圈一圈的捆住，接著又把衣櫃門用膠帶完全封死，開來貨車，把衣櫃扔上了貨車後斗，朝著荒涼的海邊開去。

最後，鍾聞在子夜時分，沒有月光的夜晚，把貨車停好，並把衣櫃朝一片漆黑的草叢扔了下去。

碰碰碰沉悶的聲響不斷，衣櫃順著地勢滾了好圈，才終於沒有了聲音。

「老子就不相信，解決不掉你！」鍾聞喘著氣，回到貨車上，倒車，轉車回家。

而當他踩下油門的同時，時鐘的分針與秒針同時歸零。

12:00。

三天期限，到了。

5.

這個晚上，鍾聞是抱著女兒睡覺的。

抱著時，他能感覺到鍾容沒有睡著，纖細的十歲身體微微的發抖著。

「沒事的沒事的。」鍾聞抱著鍾容，輕輕拍著她，彷彿像是鍾容還是嬰孩時，每次喝過奶肚子脹氣，只要輕輕拍著鍾容的背，她就能安穩睡著。

時間，是凌晨一點。

也就是民間所說的子時將盡。

他知道，如果這衣櫃眞的邪門，這一晚會是關鍵。

三天日期已到，就是這一晚，衣櫃裡面帶血的東西要出來，但鍾聞認爲自己已經把衣櫃丟到了海邊某處，加上層層綑綁，那東西也許根本出不來，就算出來，也未必到得了這裡。

另外，鍾聞這幾天除了拼命賣衣櫃，他還去了大大小小的廟宇，求了一堆護身符，此刻全部排在鍾聞和女兒的房間，這可是神明的力量，多少會阻擋衣櫃裡面的東西吧！

只要撐過今晚就好，這晚沒出事，代表三天的說法不過是誑語，那血的腥味只是自己的錯覺。

鍾聞沒有睡，他抱著女兒，專心一致、毫不錯眼的看著房門。

四周悄然無聲，除了門外的些許風聲，什麼都沒有。

時間慢慢推進，然後分針與秒針再次歸零，一點。

子時過了。

太好了，至少過了子時，後面再撐過丑時，寅時，卯時，就會天亮了。

然後，鍾聞聞到了味道。

血的味道。

血的味道很濃，越來越濃，從四面八方湧了進來。

鍾聞發現自己和女兒，完全陷在這片血的氣味中。

「沒事的沒事的。」鍾聞緊緊抱著女兒，他拼命告訴自己，這只是幻覺。

血的味道，不斷滲入，甚至在女兒周圍徘徊，鍾聞只能緊緊抱住她。

「爸爸，血的味道。」鍾容似乎也被這樣的氣味嚇醒，全身緊縮顫抖著，「我怕，我好怕。」

「沒事的，沒事的，爸爸會保護妳，沒人可以帶走妳。」鍾聞一字一字說著，用力得牙齒都要裂開。

「爸爸，身上，除了血，還有一個味道，不臭，香的。」鍾容忽然仰起頭，蒼白清秀的臉。

「我身上？妳聞得到？」鍾聞一愣，他嗅覺自然不在女兒之下，經過女兒一提醒，他往身上掏摸，頓時找到了那唯一不被血味侵擾的來源。

香包。

小杓姐姐的大廟香包。

附近這麼多大大小小廟宇的護身符，都老早被濃濃血味給侵擾，變得黯淡黑沉，唯獨這個小杓送的香包，在這片血味中，仍穩穩的散發著自己獨特的香灰氣息。

「這是小杓姐姐的香包。」鍾容虛弱的笑了，「她好厲害。」

「容，不要睡，我們撐過這個晚上就好！」鍾聞感覺到這片血的氣味中，鍾容的狀況並不好。

「好。」鍾容一邊說、一邊不爭氣的閉上了眼睛。

「容！」

「沒，我沒有睡。」鍾容急忙再睜開眼睛。

「再撐一下。」

「不行了，爸爸，我好睏啊。」鍾容閉上了眼，「這血的味道，讓我好暈，好暈……」

而就在鍾容眼睛閉上的瞬間，這一瞬間，鍾聞看見了，血味陡然濃烈鮮明，然後自己屋裡的櫃門，竟然嘎嘎的發出聲音，慢慢由裡向外的打開了。

「櫃子？該死，原來不限那一手衣櫃？每個衣櫃都是連通的嗎？」

嘎嘎……嘎嘎……櫃子門在沒有人拉動的狀況下，門縫竟然越開越大……

鍾聞渾身戰慄。

那東西要來了。

然後，門陡然大開，什麼東西撲了出來。

朝著鍾聞懷中的女兒鍾容，帶著笑聲與哭聲，帶著濃濃的生血味撲面而來。

「不准！」鍾聞悲鳴，他要保護女兒，就像女兒還是嬰兒時，一個小小的笑容，就能化解鍾聞一整日的焦躁與疲倦。

他要保護她。

本能的，他把手中的香包，塞入鍾容懷裡。

那東西似乎對香包感到顧忌，最後時刻一個迴轉，避開了鍾容的身體。

「沒事了。」鍾聞才要鬆口氣，但接下來他忽然感覺到自己的雙腳，竟然開始浮起。

像是被什麼東西抓住，正在往後拖。

這怪物，不能動鍾容，改來找自己嗎？

鍾聞這秒鐘，想要把香包從鍾容懷中取出，但他的手卻只伸出一半，就在空中用力握住。

「容，妳要活下去。」鍾聞臉上是溫柔且悲傷的笑，「然後，替爸爸報仇。」

下一剎那，鍾聞的身體就這樣懸空，然後咻的一聲，被扯入了背後的櫃子裡。

櫃子門隨即碰的一聲關上。

血的氣味在這一剎那升高到極致，濃到像是在空氣中都要滴出血般，然後又慢慢的降了下來。

四個小時後。

當鍾容終於在香包的氣味中緩緩甦醒時，她發現爸爸不見了。

爸爸失蹤了，就像前幾個衣櫃的主人一樣，人間蒸發了。

海邊，一個男人慢慢的走著。

他走著走著，終於停下腳步。

他低下頭，彎彎的細眼睛，上揚的嘴角，像是狐狸般的臉。

「鍾聞這小子可眞會丟，丟這麼遠，讓我找這麼久。」男人蹲下，撫摸著海邊一塊大型的木製方形物體。

仔細一看，這木製方形物體，是一只衣櫃。

不過更詭異的是，這臉孔酷似狐狸的男人，竟然低下頭，伸出舌頭，慢慢的舔著這衣櫃的表面，彷彿在品嚐著什麼……

「對，就是你，這種帶血又生靈的味道，就是你沒錯，咯咯咯咯，一定得找你回來啊……畢竟，這故事可還沒結束……」

這個二手衣櫃的故事，可還沒結束呢。

第二章

古典衣櫃

笭菁

1.

鬧鐘才剛響起，女孩的手便即刻按下，她早已起床並洗漱完畢，才出房門便聞到了滿室香氣，開心的來到廚房門口，裡頭的高大身影已經在忙碌了。

「沒想到有人比我還興奮！」她俏皮的吐吐舌。

「我這叫準備妥當好嗎！」杜子成正專注的看著平底鍋上的煎蛋，一個甩鍋，上頭的荷包蛋都翻了個面。

梁佳盈甜蜜的上前，由後環抱住了她全世界最好的丈夫。

「眞是辛苦你了！昨天準備那麼多食材，今天又這麼早起床！」

「那有什麼辦法！誰叫妳最要好的學妹要來玩！」杜子成話語裡盡是寵溺，「好了！妳快點去收拾，看有沒有哪兒缺東西，他們的客房也得再檢查一下，別漏了什麼。」

「好！我這就去看！」梁佳盈直接從盤子裡捏起一根培根往嘴裡塞，孩子還沒醒來的早晨就是美好。

踏著輕快的步伐，她愉快的往樓下去，新做好的木梯踩起來就是特別的舒服，所有樣式跟貼皮全都是她指定的！他們新居是老屋翻修，這可是阿嬤留下來的房子，兩層樓的透天厝，他們進行了徹底的翻修。

她鍾愛古風，所以裝備成中式古典風格，位於房子左側的木質樓梯做了點弧度，刻意延長樓梯長度，也讓階梯不那麼陡峭，兩邊均包著厚玻璃，以防她兩個寶貝不小心摔下去。一樓前方除了當停車位、暫時的客廳外，還打造了兩間客房。

她有位非常要好的學妹要來做客，雖說年紀差得有點多，但有革命情感，自然成爲她新居落成的第一個客人！左邊的客房裡放置兩張單人床，被子、冷氣、盥洗用具一應俱全，學妹性格很大喇喇的，所以她更有注意這種小細節，以防她忘記帶一堆東西。

房門正對著角落那偏現代化的家具，她在大賣場找到的，勉強有點古風的感覺，這是她唯一不滿意的地方。

走出左邊客房，正對著對面客房，這間房裡空蕩蕩的，除了正中間的一個衣櫃外，沒有任何家具。梁佳盈望著被包裝泡綿包裹的衣櫃，昨天送來後就沒有時間拆開，現下看著還有點時間，她轉身取過剪刀，決定來開箱。

手機錄影放好後，她仔細的將外頭的包裝泡綿拆開，現在拆箱還是錄影比較好，像這是她在二手網站找到的古董衣櫃，萬一裡面商品不符那可怎麼辦？錄影是種自保嘛。

「哇……」梁佳盈看著眼前具有年代感但維持良好的漆，雙眼都發光了，「眞好看！眞的太古典了！」

她迫不及待的拆光所有包裝，想好好看看這號稱跨越三代的衣櫃。

其實並不算是什麼名貴古物，但傳了三代少說也有八十年了，衣櫃相當的大，寬至少有一百公分，左右對開兩扇門，但門與門中間還有一豎排的裝飾板隔開，外表還做了一些裝飾。

衣櫃上處處有雕刻，有部分雖已掉漆，但前面的持有者似乎都做了精細的修復。

「佳盈？」

「哇呀！」老公的聲音冷不防地在後方出現，她嚇得失聲尖叫，「你嚇死我了！」

杜子成無奈的望著她，「對不起對不起，我們樓梯做得太靜音了！」

「你也都沒腳步聲啊！」她咕噥著，「我們得換雙有點聲音的拖鞋。」

「好！我等等就換……喂，妳不是下來準備客房的物品，怎麼拆起衣櫃了？」

他緩緩走進房間，也不免讚嘆，「哇塞，這眞的很古典啊，非常符合我們的裝潢。」

「是不是！古色古香的……哎唷，我覺得學妹的客房裡應該擺這個才對！」

她對那種仿古的衣櫃還是不滿意，「角落那個一看就太新了！」

杜子成挑了挑眉，「嗯……我記得某人說過，這個要擺在個人衣帽間的，妳現在挪進客房，到時候又要搬進搬出！這很重耶！」

嘿，梁佳盈露出害羞又幸福的神情，還是老公懂她。

「對啦對啦！等我有空，我就要好好的來佈置這間屋子！我的書房兼衣帽間！」

她在屋子裡轉著圈，她今天就穿著漢服，是個非常喜歡中國古典風的女孩。

杜子成每次都覺得有趣，很難想像這樣喜歡裝扮古典美的女孩，以前是練格鬥技的女人啊……

「先吃早餐吧，把握時間，等等孩子就醒了。」杜子成呼喚著，轉身先往樓上去，「妳洗洗手，垃圾收收就上來，我煮咖啡去。」

「好！」梁佳盈邊說邊開始撿起一地包裝泡綿，對這二手衣櫃還是愛不釋手！

現在要找到這種具年代感的衣櫃眞的太難了！

衣櫃的門把手是雕花金屬，銅把手製作，但因為年代久遠都泛黑了，她記得購買影片介紹裡是有穿衣鏡的，她握著門把手，試著打開右邊的衣櫃門。

雖說這是雙門衣櫃，但因為中間還有一排裝飾板，並不好雙手握著門把同時打開，而且梁佳盈在開啓時，竟覺得衣櫃有點阻力。

再使了點勁，門終於打開，打開時還有一聲「啵」！

哇！一陣風吹來，梁佳盈下意識別開頭，衣櫃裡發出了鏘啷的碰撞聲……鏘啷鏘啷……

梁佳盈抬起頭，看見衣櫃裡的衣架子正在碰撞，衣櫃既深且高，她欣喜的看著這掛大衣都沒問題的空間，也太棒了吧！右邊門板上就是穿衣鏡，鏡子也有點年代，呈現斑駁感，不過這些都只要擦一擦就能解決的事。

下意識掩鼻，衣櫃裡有相當刺鼻的樟腦丸味道，她決定先把衣櫃敞開，將這些味道散去比較好。往旁邁開一步，跟著打開左邊那扇門，門一樣也有點阻力，原來是因爲舊式的衣櫃採用插入式卡榫門扣，導致每一次開門都像「拔」出來似的，還會發出「啵」的聲響。

兩門敞開，左邊的衣櫃裡倒沒穿衣鏡，其他也沒什麼損壞。梁佳盈順勢檢查底下的大抽屜，拉開還算順暢，關上時略有阻力，得使點勁關上，木頭發出奇妙的清脆聲，噠砰。

「梁佳盈！」

二樓傳了老公的呼喚聲。

「就來！」她趕緊繼續把包裝泡綿全撿起，取過自己都不知道錄了幾分鐘的手機，匆匆忙忙就上了樓。

獨留那座衣櫃孤單的在空蕩蕩的房間裡，鏘啷鏘啷……鏘啷鏘啷……

2.

計程車才剛停下，大門就已敞開，梁佳盈踏著輕快的步伐奔了出來！

「唐恩羽！」

「學姐！」

兩個女孩撲上前就緊緊擁抱在一起，唐恩羽直接將梁佳盈抱了起來，還轉了個圈。

「妳變輕了耶！學姐！」唐恩羽認眞的對著外型至少比過去大一圈的梁佳盈說著，「肌肉是不是都沒了啊？」

「別說了，只剩脂肪了！」梁佳盈落地時抓著唐恩羽那結實的臂膀，又是一陣羨慕。

看看這些精實的肌肉，以前她也是這樣的！

杜子成也走了出來，正覺得有趣，他老婆生完兩胎後胖了十公斤，結果這學妹開口居然說她變輕了！

「嗨，您好。」杜子成禮貌的上前打招呼。

「啊！唐恩羽，這是我老公！」梁佳盈有點驕傲的介紹著，「可帥了！對我又很好！」

唐恩羽微笑頷首，與杜子成握了握手，「我是唐恩羽，她心目中最好的學妹！」

「嘖！哪有人往自己臉上貼金的？」梁佳盈瞇起眼，嘖嘖好幾聲，領著她往屋內走，「厲害的人可多得很呢！」

「我跟馮千靜，妳選誰？」唐恩羽輕鬆的拎起大包就扛上肩。

「廢話！妳妳妳，一百遍都是妳！」梁佳盈當下翻了個白眼，「她就不是我學妹啊，我們還敵隊耶！」

「所以我還是妳最好的學妹。」

兩個女人自在的邊說邊走進屋裡，絲毫沒有注意到旁邊有個一直想幫忙、卻苦無出手時刻的杜子成，他最終放棄的搖搖頭，看著那學妹一邊扛著行李袋、另一手拖著行李箱，拿起來果真毫不費力啊！

「哇！妳是把房子當片場嗎？」

唐恩羽才走進屋裡，便讚嘆著這古色古香的屋內裝潢，處處木製不說，還挺有古代宮廷的風格，挑高的一樓與二樓，處處都是木雕鏤空牆哩！

就是外面停的車有點煞風景了！

「來，我幫妳安排的客房！」梁佳盈開心的領著她往裡頭走。

在停車處往屋內深處，他們刻意又築了牆，牆面還加了一大片鏤空木雕裝飾，中間一條短廊，左右兩邊各一間客房，唐恩羽住的便是左邊那間，更靠近樓梯一點。

「很大耶！謝了！」唐恩羽擱下行李放在角落，轉了一圈，「幸好你沒用古代那種木板床。」

「沒那麼扯啦！我其實還有另一間客房，但還沒空添置適合的家具，只好讓妳跟玄霖住在一間了……」

「我跟老弟一直都是住同一間房間啊，習慣了，妳這間比我房間還大好嗎！我跟他一向是擠雙層床的！」唐恩羽率先搶了窗邊的床位，「他過兩天才到，不必理他啦！」

「哎唷，你們感情就是好！」梁佳盈當然也認識唐恩羽的弟弟，以前在隊上時，他們私交是真的相當熟，「不過我以為妳會帶易偉來呢！」

「嗯……我們分手了。」

易偉，唐恩羽的男友。但學姐不知道的是，她的易偉……已經不在了。

而唐恩羽的弟弟跟她完全相反，是唸書型的、運動很差，溫文儒雅長得又斯文，每次來陪練時，一堆女孩子都會分心呢！

「要不要讓學妹先把東西放好，然後到樓上來？」杜子成終於找到插話的機會，「妳可以把衣服都先掛在衣櫃裡，東西擺好，儘管把這裡當自己家！」

「謝謝……姐夫？」

「哈哈哈哈！」梁佳盈笑了起來，「姐夫耶！杜子成！」

唉，男人滿臉通紅，尷尬的轉身逃離，直往樓上走去。

「杜子成！」梁佳盈笑著也追上前，不忘替唐恩羽關上門，「妳弄好就上來，我們先吃點水果。」

「好！」

梁佳盈才關上門，一回頭，卻赫然看見對面的房門是開著的。

咦？她嚇了一跳，剛剛進來前她是把門關妥的啊！正因為這間客房沒有準備妥當，才把門關上的。

誰開的門？她咕噥著，探身把房門也給再帶上了。

客房裡的唐恩羽把行李拿出來擺放好，將身上的白色外套掛妥，剛過清明不久，但天氣還沒轉熱。衣櫃裡的衣架晃動著，她趕緊用手止住聲響，將衣櫃門好整以暇的關上。

鏘啷鏘啷……咿——

嗯？怎麼好像有類似開門的拉曳聲？

不過她沒在意，東西放好後，便要上樓，只不過一拉開門，就看見了對面敞開的房門，哎呀，是另一間客房呢！

啵，咿……她並沒有想一探究竟，而是轉身要上樓，卻聽見了對面客房內傳來了聲響。

唐恩羽停下腳步，下意識的往客房裡望去，這間客房明明有扇超大的窗戶，但卻未曾照亮整間房間，反而更形晦暗，而矗立在房間中央那唯一的衣櫃，卻顯得更加詭異。

此時此刻，有扇衣櫃門是敞開的，而且還輕微的飄動著。

飄什麼動啊？唐恩羽感受著空氣的流動，屋內又沒風，那扇門是在動幾點的？

不太對勁。直覺這麼告訴她，雖然她不想當一個迷信的人，但她清明掃墓時遇到一些鳥事，那件事後她的磁場彷彿被改變似的，似乎都能感覺到一些不太好的事……

她不想被好奇心驅使的走進去，只是一正首，腳下突然站著一個女孩子。

「哇呀！」唐恩羽尖叫聲起，她跳得比誰都高！

小女孩眨了眨眼，仰著頭瞧她。

「小兔！」聽見叫聲的梁佳盈連忙從二樓往下看，「妳嚇到阿……姐姐了！」

幹！「嚇死我了！」唐恩羽首字自動消音，「嗨，小兔！」

小女孩沒說話，抱著娃娃往前，沒搭上唐恩羽伸出的手，而是一個右拐，走進了那間客房裡。

唐恩羽下意識伸出手，擋住了她繼續往裡走的意圖。

「嗯？」小兔轉過來，看向了唐恩羽，「妳也要跟我們一起玩嗎？」

沒有！才沒有！

唐恩羽一秒將女孩抱起，伸手將那間客房的門給關上，三步併作兩步的往樓上奔去。

跟誰們一起玩啦！沒空！

女孩拿著洋娃娃，兩歲的弟弟在一旁粗暴的玩積木，客廳傳來嘻笑聲音，大人們正在外頭聊天看電視。

小兔突然像是聽見什麼一樣，她往門外瞟去，立刻抓著洋娃娃站起來，悄悄的走出了房間，一步步的往樓下走去；客廳不是瞧不見樓梯口，而是大人們都在聊天，著實沒有注意。

小兔來到房門口，像在等待著什麼一樣。

啵！衣櫃右門抖動了一下，門，緩緩的打開了。

來……我們來玩……

小兔不假思索的走了進去，她站在衣櫃前，在她矮小的視角裡，看見的是又高又深又黑的衣櫃，但底下還有大抽屜，距離太高了，她爬不上去！

唰、唰……底下兩個大抽屜一個接著一個，由下而上的緩緩推出，小兔便踩著它們當階梯，好不容易爬進了衣櫃裡時，她一直抱著的娃娃卻掉了。

「啊！娃娃！」小小的手伸直，想要探身去撿那她根本撿不到的娃娃。

唰——一股力量倏地把女孩拖進了衣櫃裡，連尖叫聲都來不及發出，衣櫃的門砰的關上！

噠砰、噠砰，下方兩個抽屜，由上而下的緩緩向後闔起，在幾秒後發出了輕微的聲響。

接著，客房的門也緩緩的、輕輕的闔了上，喀。

「我去倒個水！」唐恩羽起了身，逕自往廚房走去，完全當自己家。

只是端著杯子還沒繞進廚房，就隱約的聽見了細微的敲擊聲。

砰砰砰砰，砰砰砰砰……

她隨手放下杯子，趴在二樓樓梯口的扶欄處仔細聆聽，聲音還沒聽精確，卻從樓梯口朝下見到那間令她不適的客房門縫下，來來回回的有一堆影子閃爍，彷佛有許多人在那間屋裡走來走去！

砰砰……敲擊聲伴隨著哭聲，淒厲的從下方傳來──那像小孩子的聲音！

「梁佳盈！」唐恩羽緊張回身，「妳孩子呢？」

「咦？孩子？」梁佳盈正拿著洋芋片，一臉不明。

「在房間玩吧！」杜子成反應倒是很快，直接往孩子房走去，「小兔？米奇？」

唐恩羽用不對勁的眼神看向梁佳盈，同時指指樓下。

什麼東西啊？梁佳盈被搞得心神不寧，然後傳來丈夫緊張的呼喊聲，「小兔？小兔妳在哪裡？」

「樓下！」唐恩羽轉身即刻朝樓下衝去！

梁佳盈亦不假思索的跟著往下衝，在樓梯間時就已經可以清楚聽見了悶聲的哭喊聲：「媽咪！媽咪──」

梁佳盈飛快的越過唐恩羽，二話不說推開了客房的門，孩子的哭聲就在那個大衣櫃裡，小手拼命的搥著衣櫃！

「媽呀──」裡頭淒厲的嚎哭令人心疼，衣櫃外就是小兔的娃娃，梁佳盈趕緊上前拉開衣櫃……拉、拉不開？

「怎麼……」這區區衣櫃門怎麼可能拉不開？

杜子成上前也抓住門把的把手，使勁一扯，兩個人紛紛因反作用力向後踉蹌，但門總算是開了！

「小兔！小兔！」梁佳盈趕緊上前，在衣櫃裡看見蜷縮在裡頭的小女孩，「小兔！」

女孩有些懶洋洋的睁眼，一臉惺忪的望著母親，梁佳盈慌亂的跟丈夫抱著孩子就趕緊往樓上跑，想要快點檢查孩子的狀況……而唐恩羽依然待在那間客房裡，他們難道沒有注意到，小兔一點都不像剛哭過，而是在睡覺嗎？

唐恩羽一進房間後便閃到一旁，因爲她再急也不會有父母急！她現在正站在衣櫃前方一公尺，看著又高又深的衣櫃，裡頭竟漆黑得宛如深淵，有種莫名的不安令她不寒而慄。

她上前一步，將被拉開的門給關上，噗，將門壓入很簡單。

握住把手她再一拉，啵，一樣很輕鬆的就打開了。

但是剛剛學姐是拉不開門的，連杜子成過來聯手拉扯時，還使了點力才能拉開，彷彿裡頭有什麼東西在阻止。

重新關上門時，她用力壓實，掌心貼著門板卻覺得異常低溫，門縫裡頭似乎有著天然冷氣，正送出冰冷寒風。

唐恩羽是面對著衣櫃退出客房的，她不認為背對這玩意兒是好事。

她匆匆上樓時，小兔已經坐在沙發上喝著飲料，看起來安然無恙，一旁的夫妻倒是嚇出一身冷汗，還在循循善誘孩子不許再去那間房間，也不能隨便爬進衣櫃裡。

「嚇死我了！萬一缺氧怎麼辦？」梁佳盈一身冷汗的來到冰箱邊，抓過一瓶冷飲喝著。

「缺氧？這是缺氧的問題嗎？」唐恩羽有點無力，「我看小兔剛剛根本在睡覺吧！」

「她昏過去了吧？就是因為缺氧啊！」梁佳盈說得心有餘悸。

「我想把房門反鎖起來好了，小兔的身高現在搆得著門把了，孩子只是貪玩，才想跑進空衣櫃裡玩玩。」杜子成鬆口氣的跟著走進廚房。

唐恩羽看著這對夫妻，有點不知道從何說起。

「那衣櫃哪裡來的？」

「二手古董家具！有年代又很便宜的！」梁佳盈又是雙眼放光，「妳看到那漆跟雕刻沒有，我找了很久——」

「我覺得那個衣櫃有問題。」

「……」梁佳盈當場愣住，杜子成則狐疑的蹙眉，「有問題是指……」

「我們衝進房間時，明明聽見小兔正哭天搶地喊媽媽，還搥著衣櫃，怎麼一拉開門，她卻躺在裡頭，還一臉被吵醒的模樣？」唐恩羽在旁可是瞧得一清二楚，「還有，衣櫃門內沒有任何把手，她一個六歲女孩是怎麼把門關上，還能扣得這麼緊的？」

甚至緊到要兩個大人才能拔開？

「別、別鬧喔！唐恩羽！」梁佳盈被她說得開始心慌，「妳講得好像……很詭異？」

「這還不詭異嗎？」唐恩羽瞪圓雙眸，「欸，我剛試著開關那個門，我指甲片兒都能開，你們兩個剛剛卻拔不開耶！」

杜子成嚴肅的神情代表他聽進去了，只見他深吸一口氣後，轉身往孩子的房間去，他想更仔細的問問小兔，在衣櫃裡時發生了什麼事！

他前腳一走，梁佳盈便緊張的湊到唐恩羽面前。

「妳爲什麼要說這種嚇人的事？妳以前從不喜歡聊這種怪談的……妳這樣會影響我們的情緒……」

「妳也知道我不喜歡聊，所以我不會隨便提……我最近的感應比較敏感一點。」唐恩羽放輕聲音說道，「那個衣櫃讓我非常不舒服，妳自己回想剛剛的事……」

「我不輕易相信那種事！妳忘了那面衣櫃有穿衣鏡，穿衣鏡外有條木框，所以抓著框就能關上門的！而且說不定眞的剛好是我們開門前，小兔才缺氧昏倒！」梁佳盈像是在強迫的說服自己，「萬一妳沒聽見的話……」

她聲音越說越弱，因爲腦子裡浮現的疑問，連她自己都無法有個好解釋：例如小兔臉上沒有淚痕、臉也不紅，完全不像哭過的樣子。

那麼，剛剛那個撕心裂肺的哭聲與求救，又來自於誰？

兩個女人站在廚房裡，氣氛沉悶之際，杜子成邁著沉重的腳步折返。

「小兔說有個小姐姐找她玩，在衣櫃裡叫她，所以她才爬上去……然後不知道什麼時候就睡著了。」杜子成瞄向了妻子，「我要去問問賣家，那個衣櫃的來歷。」

梁佳盈緊張的嚥了口口水，點點頭。

「小兔都還好嗎？」

「她完全沒事，我先去把那間客房的門鎖上吧，免得孩子再跑進去。」杜子成再度看向唐恩羽，「學妹，妳還知道些什麼嗎？」

唐恩羽搖了搖頭，「我只是覺得不太對勁，門鎖起來應該就沒事了！感覺不要進去衣櫃裡就好。」

杜子成嚴肅的頷首後便準備去樓下鎖門，但光站在樓梯口，朝下望著他就腳底發寒。

「我一起下樓吧，姐夫。」唐恩羽見狀，主動開口。

杜子成這瞬間真的感激莫名，「謝謝妳。」

唐恩羽無奈的笑笑，「有伴比較不害怕，我有經驗。」

只是以往，都有老弟或男友陪在她身邊。

偏偏今晚，只有她一個人住一樓啊！

3.

帶著渾身不對勁，唐恩羽匆匆洗好澡後便傳訊給弟弟及男友，說了關於那個二手衣櫃的事，她說不出來哪裡怪，但確定那個衣櫃就是有問題！

「不說別的，光妳聽見孩子在哭泣跟敲門，結果小朋友卻在睡覺就很奇怪了！」

「是不是？用常理去判斷就很謎！而且門還一度拉不開……」

「那妳現在還敢睡？」

「我又不是睡在那間客房！我睡在對面！」

才剛打完字，唐恩羽又不安的瞄向門口，其實她今晚應該要離開學姐家，直接去附近住旅館的……最好附近有旅館啦！

她跳下床，在門邊擺了張椅子，以防有東西進來時，能吵醒她……嗯，手指在下巴摩娑著，她會不會睡太死結果吵不醒啊？

「這年頭為什麼有人還會買二手衣櫃？」

「省錢啊！那個衣櫃有年代又是原木，才賣兩千多耶！」

「啊咧！這不就明擺著有問題？這跟黃金地段租金一個月只算你五千一樣啊！」

「那是屋子，屋子有凶宅，區區一個放衣服的衣櫃能有什麼？」

「哈哈，凶櫃？」

唐恩羽突地打了個寒顫，凶櫃？

那麼大的衣櫃，如果有人死在裡面，能算是……凶櫃嗎？

不行不行！別亂想！唐恩羽說服著自己，可她上個月才跟家裡去掃墓，然後在墓地撞見了一堆好兄弟，還挖出……停！

「不要再想了！越想越毛啊唐恩羽！」她強迫自己不要再亂想，立刻一通電話直接打給老弟。

「怎麼？妳害怕啦？」

「我去你的！你那個什麼系上活動何時結束？快點過來陪我！」

「妳現在都說那邊怪怪的了，我幹嘛還去！妳來找我吧！」

唐恩羽也是這麼認爲，可是現在學姐一家也被她攪得心煩意亂，那個衣櫃如果真有問題，放著不管她也於心難安。

「我怕學姐他們不會處理這種事，我現在走了他們會更心慌的。」

「……講得好像妳會處理一樣？」他們也只能哇哇逃命啊！

「煩耶你，明知道我不是指我行，只是多個人壯膽，我不能一副逃走的樣子吧……」唐恩羽咬了咬唇，「你能提早結束就快點給我過來！」

「唉……」手機那邊一陣長嘆，唐恩羽才沒給他反駁的機會，直接掛掉電話。

睡覺！對！她趕緊鑽進被子裡，睡死之後就沒事了！伸手往床頭的電燈開關去，啪的關燈，房間頓時陷入一片黑暗——媽呀！

一秒開燈，唐恩羽無力的低垂下頭，這太黑太嚇人了！

她趕緊扭開梳妝台的燈，至少得留盞小燈，否則難以入眠！等她爬回床上時，她才意識到……其實無論如何，今晚只怕她都無法好好睡了。

她坐在床上，右邊前方梳妝台的燈其實還是很亮，左斜前方則是衣櫃，學姐眞的喜歡中國古風，連買的系統家具都買這種木紋貼皮，還雙開門的……沙沙。

嗯？唐恩羽倏地抬頭，怎麼衣櫃裡傳來了……類似磨擦的聲音？

她放輕動作，緩緩挪移到床的左側，很想聽清楚衣櫃裡的聲響，因爲那像是有什麼東西在衣櫃裡移動，摩擦內部牆壁……唐恩羽悄聲下了床，就直面著那衣櫃，她甚至可以斷定這一門之隔的衣櫃裡，那「東西」的方位在哪裡了！

——鏘啷鏘啷！下一秒，衣架子竟開始晃盪起來！

唐恩羽一瞬間雞皮疙瘩竄滿全身，衝到一旁拿過自己的圍巾，滑衝到衣櫃門前，把兩個衣櫃門把給牢牢綁緊！她的手抖到差點就滑掉，但還是咬著牙緊緊綁牢！

沙……沙沙……唐恩羽忍著微顫的雙腿向後退，衣櫃裡是能有什麼東西啊！

磅——電光石火間，衣櫃門居然被狠狠的往外推了！

「幹！」唐恩羽跳上床抓起手機，拎過被子，粗魯的把椅子踢開，直接就衝出了客房門，一路往樓上衝去！

要不是她剛剛先綁住衣櫃，那裡面是會衝出個什麼玩意兒嗎？

然而就在她踏上二樓的瞬間，她居然聽見了樓下喇叭鎖開鎖的聲響：喀！

她才沒那麼賢慧，逃出房間時還上鎖關門，樓下唯一被反鎖的門，只有帶有網購衣櫃那間客房啊！

她衝上二樓時，客廳僅存夜燈，梁佳盈夫妻跟孩子都已經睡了，她即刻打開手電筒，逕往樓下照，她發誓，有抹影子逃難似的閃開了。

「不管你是什麼，最好不要上來！」她摘下隨身攜帶的護身符，手忙腳亂的擱在最後一階上。

自從掃墓之後，遇上太多事，老媽求了一些護身符給他們，她自己也去拜了一堆，放三個就足夠圍住階梯了。

她都已經可以聽見自己喘氣聲了，剛洗好澡的她，背部卻已被冷汗浸濕，她站起身拿手電筒往下胡亂照著，告訴自己，氣勢要做足！

「滾！」她直指樓下，雖然不知道自己指的方向對不對。

接著轉身衝進廚房，抽起一把水果刀，手抖到差點握不住，打開客廳的燈，再跳上沙發——面對著樓梯口的位置，就這麼緊盯著樓梯口，然後再取下一個護身符，纏繞在水果刀上。

這個位置，她看得可清楚了，來一個她就捅一個，來兩個殺一雙，三個以上的話……拜託不要！她能力有限啊！

這晚要怎麼過啊!?

女孩站在沙發尾端，好奇的看著沙發上的人，抬頭往身後走來的爸爸瞧著，兩歲的男孩也哇啦哇啦的叫著。

杜子成眉頭深鎖的看著狼狽睡在沙發上的唐恩羽，她爲什麼上樓睡了？還有樓梯口那排成一列的護身符又是什麼意思？他其實連想都不敢想。

「咦？唐恩羽？」才起床的梁佳盈走到客廳就愣住了，「她爲什麼睡在這裡？」

「我不敢問。」杜子成嘆口氣，指向樓梯口最上方一階，「妳自己看看，我覺得那個衣櫃眞的不該留了！」

他沉重的先去廚房準備早餐，梁佳盈蹲下身子看見擺在樓梯上的平安符，即刻不安的往樓下看，那間客房看起來門還是關著的，但氛圍卻是令她覺得萬分不對勁。

轉身站起，小兔已經走到唐恩羽身邊，唐恩羽正面對著沙發內部側睡，看起來睡得很熟，小小的手推著僵硬的肌肉手臂，「起床了！起床！」

孩子接著舉起雙手，啪的就往唐恩羽的背上拍打起來。

沙發上的人瞬間翻身而起，被子下的手竟握著一把刀，梁佳盈飛快的滑向前，飛快的擋住了她的手！

「佳盈，妳有沒有看到水果……」杜子成正巧從廚房步出，卻看見了老婆單膝跪地，以手臂擋住唐恩羽擎刀的手，當場愣在原地。

唐恩羽銳利的眸子轉著，正在重開機，身邊是一臉呆萌的女孩，眼前是比她更凶的學姐。

「刀子給我，唐恩羽。」梁佳盈一字一字的說著，張開手掌。

感受到唐恩羽的肌肉略鬆，她反手抓住了刀柄，一秒就將刀子取下！緊接著飛快起身遠離孩子，這才有空看著手上的刀子，以及刀上繫著的護身符。

「唉！」唐恩羽揉了臉，「這樣叫我，我會嚇到的！」

天哪！她是什麼時候睡著的？應該是天亮後吧，完全都不知道自己怎麼睡死的。

「妳這才會嚇到我好嗎！」梁佳盈擠著笑容，把刀藏到身後去，杜子成已經上前，從她身後迅速取走了刀子。

小兔根本什麼都不懂，就爬上了沙發，兩歲的弟弟跟著姐姐玩，唐恩羽縮起雙腳，抽過被子，疲憊的讓位給孩子們。

「丟掉、賣掉，怎樣都好！」唐恩羽站起身就是嚴正的警告，「你們不知道昨晚我遇到了什麼！」

「唐恩羽！」梁佳盈暗示她別說，六歲的小兔已經都聽得懂了。

她也懶得說什麼，逕自走到樓梯口，朝下望了望，客房門看起來是關著的，但是她一點都不想冒險，她得找個東西防身；梁佳盈儘管不安，但還是先照顧孩子的情緒，將沙發整理後，抽起在縫裡的手機。

唐恩羽這時在廚房找了桿麵棍，不拿點東西就沒安全感。

「妳手機一堆未接來電耶！好像有急事！」梁佳盈拿著手機小跑過來，「幾十通了！」

「咦？」唐恩羽回身趕緊接過，她爲了怕吵到他們，所以昨晚調成靜音了。

滑了手機發現有陌生來電，還有老弟的電話，而幾十則訊息也已經更新了狀態，老弟眞的爲了她提早結束活動，結果凌晨同學載他去車站時在路上出車禍了。

「我沒事，別告訴老媽他們，只是輕微腦震盪而已！」

「我老弟出事了！」唐恩羽覺得頭都要炸了！老弟居然出車禍！

她趕緊撥打電話過去，接電話的是他同學，再三表示唐玄霖眞的沒什麼事，只縫了兩針，不過因爲需要觀察，所以同學們在急診室陪他，甚至老弟還接過電話，跟她談笑自如。

掛掉手機，梁佳盈跟杜子成紛紛緊張的關心，唐恩羽則先深呼吸以調適心情，儘管她很想找個地方狂吼。

「我那老弟，傷勢越嚴重越裝作輕鬆，我必須趕過去！」唐恩羽彎身收起那些平安符，直接下樓，「學姐，妳陪我下來！」

「……好！」梁佳盈向丈夫看了眼，讓他看著孩子，便趕緊陪著唐恩羽回到客房收拾東西。

一進房門，她正瞧見對著門口的衣櫃門把上，綁著唐恩羽的圍巾，那場面讓她打了個寒顫；因爲衣櫃門依舊被推開了縫隙，門微微敞開，圍巾甚至因此被撐鬆了幾寸。

「我不想說太多怪力亂神的事，但如果我昨晚沒綁那玩意兒，我都不知道這道門會被什麼東西推開、或是跑進來什麼東西！」唐恩羽看著那推開的門就發寒。

「可是……可是這不是我買的那個衣櫃啊！」梁佳盈緊扣的十指跟著發顫，這是大賣場挑的最新衣櫃啊！

唐恩羽顫抖的深吸了一口氣，這才是最可怕的地方啊！是不是因爲那個二手衣櫃，導致所有的衣櫃都能連通呢？

此時無聲勝有聲，她什麼都沒說，光用眼神就足以讓梁佳盈膽戰心驚了。

「太扯了！怎麼可能會有這種事！」

「比這扯的事還多得很，我沒遇到前我也這麼覺得！總之，把那個衣櫃處理掉……我很想幫妳，可是唐玄霖現在出事，我不能待在這裡！」唐恩羽認眞的握住她的手，「學姐，我們寧可信其有！」

梁佳盈慌亂的連連點頭，她會的，她會寧可信其有，但是能怎麼做？

唐恩羽無法放鬆，她把手裡握著的護身符隨意掛在衣櫃門把上，再拆掉圍巾，然後緊握著桿麵棍，幾乎是用倒數的方式，三、二、一——唰啦打開衣櫃！

天哪！梁佳盈覺得她全身細胞都要死掉了，但看著只有掛著衣服的衣櫃時，也無法鬆一口氣。

唐恩羽動作神速的把掛好的衣服都取下，火速的整理行李，一邊交代梁佳盈好好處理那個衣櫃，姐夫既然說要找賣家問問，最好能問出個所以然，重點是要怎麼處理比較妥當。

「我不能就拆開它，丟掉嗎？」

「呃……我剛想了想，如果可以這樣的話，或許它就不會被放在網上賣了！」唐恩羽把東西全扔進行李箱裡，「否則我們兩個現在就能拆了它對吧？」

梁佳盈眉間都皺出溝了，根本搞不清楚的點點頭，但至少她可以……如法炮製，也放上網賣！

正準備蓋上行李箱時，唐恩羽突然發覺到不對的檢查床榻、廁所，乃至於那個已經被她取下所有衣物的衣櫃，雙手扠腰的她回首。

「我昨天穿的白色外套呢？」

「嗄？哪件？」

「這裡。」她指向衣櫃裡，「我掛好後不可能穿上，這麼大件也沒地方藏——」

衣服呢？兩個女人面面相覷，但她們心裡都浮現出一個很糟糕、但共同的答案。

樓梯傳來腳步聲，杜子成愼重的步下，早餐在恍神中備妥，但還是得來關心樓下的狀況。

「一切都還好嗎？」他硬著頭皮站在門外，刻意側身，不想背對另一間客房的門。

「姐夫，對面的鑰匙你帶在身上嗎？」唐恩羽緊握著桿麵棍，逕直朝門口走去。

杜子成從口袋裡拿出鑰匙，事實上他下樓前就裝進去了，因爲他知道橫豎必須處理這個衣櫃。

唐恩羽接過鑰匙，恐懼不安壓得她喘不過氣，但越遲疑會越害怕，她向來喜歡直面問題！咬著牙直接鑰匙插入，轉動，喀的一聲門開了！

這聲音跟昨晚她逃上二樓的聲音一模一樣，明明就有東西昨晚開了門，還眞挺禮貌的，回去時還懂得關門上鎖咧！

「注意別讓門關上了。」唐恩羽交代著，鑰匙拋扔給杜子成後，大步走了進去。

「唐恩羽！」身爲學姐，梁佳盈也不想讓她涉險，拖著剛剛房內的椅子也跟著往裡去。

看著那看似歲月靜好的古典衣櫃，唐恩羽寒毛直豎，這東西比昨天更加令人不安了！她不敢面對衣櫃，而是站在側邊，伸長手勾住右門的門把，使勁拉開——啵！今天的門順到沒話說，她還用力過猛，差點往後踉蹌了。

可寒氣自衣櫃裡漫出，唐恩羽又打了個哆嗦。

左手橫持桿麵棍，她小心又疾速的往裡面一看——那白色的大衣，就掛在衣櫃裡。

「眞有趣，眞他媽的有趣！」唐恩羽瞪著那掛在上頭的外套，搭配上又長又深的大衣櫃。

某個角度看，還眞像衣櫃裡吊著一個人似的。

「學、姐。」唐恩羽唯有事時才會這樣叫她，「幫我拉著這扇門。」

梁佳盈收緊下顎，挺直背脊的上前，現在右邊的櫃門敞開，與衣櫃呈現九十度，她以雙手扣住門緣，唐恩羽橫舉著桿麵棍一個箭步上前，疾速的取下了掛在裡頭的白色大衣！

取下、退後、梁佳盈即刻將衣櫃門給關上，一氣呵成且行雲流水，直到聽見衣櫃扣上的那聲噗，都沒人稍加放鬆。

兩個女孩立即往門外衝，殿後的唐恩羽按下喇叭鎖，閃身繞出，門外的杜子成接著拉住門把磅的關上！

三個人站在客房外，豆大的冷汗從頰畔滑下，沒有人明白為什麼在自己家中，卻要如此恐懼！

「妳的外套……為什麼會在裡面？」杜子成終於也發現了不對勁之處。

「問得真好。」唐恩羽苦笑著，看著手上的大衣，連衣架都沒有變，這件是完完整整從她房間的衣櫃，被挪到那個古式衣櫃裡的。

要不是春寒料峭，她真不想穿上這外套。

她將衣架掛回自己的衣櫃裡，迅速的穿妥大衣、蓋上行李箱，匆匆叫了車後，還是沒忘記再三交代注意事項。

「速戰速決，原則上解決那個衣櫃前，我都不建議你們住在這裡。」唐恩羽邊說邊掉雞皮疙瘩，「這太詭異了！」

「賣家完全沒有回我，但他已讀了。」杜子成趕緊報告著最新狀況，「等等我也會先把衣櫃放上網去拍賣，不拆它不燒它不冒犯它。」

梁佳盈腦子一片混沌，她下意識的拉住唐恩羽的衣角，「我不懂，爲什麼會這樣，那只是一個衣櫃……」

「學姐，只是一個什、麼衣櫃？」唐恩羽嘆了一口氣，「妳不知道那個衣櫃之前發生過什麼事啊？」

能發生什麼事？衣櫃只是用來掛衣服的啊！

計程車抵達，儘管再不安，唐恩羽還是只能上車，因爲老弟還是重要得多！她只希望若有任何進展，學姐務必一定要聯繫她！

目送著計程車遠去，杜子成頭上籠罩著陰霾，今天是上班日，他應該要準備出門了。

「快點進去吧！孩子還在家！」他催促著妻子進屋，「我等等先去公司，今天有重要的會議我不知道能不能請……」

「沒關係，沒關係的！」梁佳盈趕緊安撫丈夫，「我們要平常心！不進那間房間！不碰那個衣櫃！我送小兔去學校時，就去廟裡一趟，我看唐恩羽有求一堆平安符。」

杜子成聞言蹙眉，「那也得有用，我記得要厲害的廟才多少有效。」

「心誠則靈，我、我們又沒有做虧心事！」梁佳盈話說得哽咽，連自己都說服不了自己似的，「我就只是買了想要的衣櫃而已！」

「好好好，沒事沒事！不是妳的問題！」杜子成趕緊將愛妻擁入懷中。

他們就站在門口，現在看過去能看見精緻的走廊，左右兩邊的客房，左側上樓的木梯，以及二樓好奇跑到樓梯口的兩歲米奇。

這不是誰的錯，事實上目前為止所有令人不安的事，都是唐恩羽所遇、唐恩羽所言，他們什麼都沒見到……唯有小兔的狀況讓他有些擔心，因為小兔一直說，衣櫃裡有好多小朋友找她進去玩……可是，這也不是小兔第一次提及那些看不見的朋友了。

「我等等就把衣櫃放上網去賣。」梁佳盈嗚咽的說著，趕緊上樓，順勢抱起了坐在樓梯口的孩子，「你快去上班吧！」

「嗯，妳在家也小心點，隨時聯繫。」

杜子成隨口喝了咖啡，囫圇吞棗的吃掉早餐，準備出門上班；坐在車裡等著鐵捲門盡數升起時，車子的後照鏡倒映著的便是一樓那面木雕牆，以及後面的兩間客房。

在梁佳盈口中的唐恩羽，是那種粗魯乾脆的女孩，他不想以小人之心度之，但是一切的恐懼的確因她的反應而起；他想信她，但這種荒唐離譜的事又不能盡信。

他只想小心求證，希望賣家快點接電話，回覆他的問題：「我們覺得那個衣櫃似乎怪怪的，我想申請退貨！今天立刻原址寄回！」

4.

好不容易把米奇哄睡，梁佳盈將孩子放在主臥的嬰兒床裡後，便將求來的所有護身符放置在家裡各個角落，最後猶豫再三，還是走到樓下去。爲了不讓自己心神不寧，她準備了黑色的繩子，將兩間客房的門把相互繫住，因爲這兩間全是內開門，只要兩兩繫緊，哪一方都無法從內部把門打開！

都綁死後，她再將平安符掛上兩間客房的把手，她也不知道有沒有效，總之就是把那間廟所有的護身符都買下了。

這二十四小時內的事讓她很難受，明明預計在她家住一週的學妹，爲什麼會突然匆匆離去，而且還告訴她那麼可怕的事？

杜子成到公司後有傳訊息給她，他也提出了質疑，這些荒誕事件的眞假無從考證，但她的確被嚇到了！現在即使唐恩羽回頭說一切都是惡作劇，那個衣櫃她也是斷不敢使用了。

「小兔，媽媽去洗衣服，妳看著米奇好嗎？」梁佳盈交代著，「媽媽一下就回來。」

「好！」小兔乖巧的坐在床旁邊玩娃娃，點了點頭。

她抱著桶子，順便將孩子的衣服放進去，再到客廳將昨天的桌巾一道洗了，正在檢查著有無漏網之魚時，唰啦的聲響突然傳進她耳裡！

砰！緊接著輕微的碰撞音傳來，她全身神經緊繃——主臥室！

她一轉身就衝進自己房間，赫然看見她那推拉門的衣櫃開了！

左右兩邊的推移門都開了，不平均的左寬右小，但剛剛明明是完全關妥的衣櫃！

「……妳開的嗎？小兔？」僵在門口的梁佳盈完全不敢動彈，她朝向右邊床上的孩子。

小兔靜靜的坐在床上，無辜的搖了搖頭，「不是我。」

「那……那是誰？」梁佳盈話才剛出口，就後悔了！

她幹嘛問啊！

小兔沒有猶豫的指向了角落的衣櫃，「那個——」

「不要說！」梁佳盈尖叫著阻止。

剎那間，衣櫃門竟又在她面前左右交換，這次全部盡數推到了左邊底部，門還撞到了邊牆，發出巨大的「砰」！

「哇啊！」

她嚇得把手裡的桶子往衣櫃裡扔去，朝著右方奔跳上床，先抱起沉睡的米奇，再到小兔旁邊緊緊護住她。

「走開！不管你是什麼東西，滾開啊！」她嚇得魂飛魄散，她們得逃，必須立刻離開這間房間！

但是她不敢動啊！衣櫃就在必經之路上，她現在瞪著開啓的衣櫃，好怕有什麼東西會跑出來……嗚，會有什麼東西啊!?

小兔皺著眉，雙眼直視著衣櫃裡，「媽媽……是那個小姐姐！」

「閉嘴！」梁佳盈都快歇斯底里了，什麼小姐姐，她都看不見啊！

餘音未落，她剛丟進去的桶子居然被「吐」了出來！連同準備要清洗的衣服全被扔出！

梁佳盈咬著牙抱著孩子退後到房間的另一頭，貼在牆上，聽見衣櫃裡衣架劇烈震盪，鏘啷鏘啷鏘啷——她裡頭的長洋裝跟漢服的裙擺都飄出來了！

「滾開！我沒有惹到任何人！我會把那個衣櫃退回去的！我沒有用它！求求你了！不管你是什麼，求求你放過我們！」

彷彿感染到母親的情緒似的，小兔從疑惑到蹙眉，緊接著也一起哇哇大哭起來，梁佳盈恐懼到極點，可是為了她的孩子們，她絕對不能軟弱！

突然間，衣櫃裡的動靜趨緩，只剩下衣架子碰撞的聲響。

鏘啷……鏘……

緊接著，真的像是裡面有人一樣，使勁的從內將她的衣櫃門關起來了！磅！兩扇推拉門轉眼歸位，看著滿地原本待洗的衣服跟桶子，梁佳盈已經快要無法言語了，她的雙腳抖得厲害，可是沒忘記拖著小兔，抱著米奇，在床上挪移著。

她不要下床，因為如果下床行走反而會離衣櫃更近，她要從床頭挪到最靠門口的地方，那邊離衣櫃最遠，她就可以帶著孩子直接衝出門口。

她要離開家裡，要去一個不會有衣櫃的地方！

「小兔！」梁佳盈指指門口，「跑出去，知道嗎？」

小兔啜泣著，梁佳盈的不安讓她感到害怕，搖著頭緊緊抱住她，「我不敢。」

才六歲，沒問題的……雖然她久未鍛練，但一手抱一個，在腎上腺素爆發的現在，就沒什麼難的！

梁佳盈咬牙抱起女兒，小兔也緊緊摟著她的頸子，她雙腳緩緩放下床緣，不要回頭，一股作氣的往外衝去……三、二——

唰！衣櫃猛然二度被推開，梁佳盈嚇得直接跳起，她連是什麼都沒看清楚，抱著小兔就往外衝！

但是一股力道更大，硬生生從她手上搶走了小兔！

「啊！」她驟然回首，迎面回頭時卻被一堆衣服扔得披頭蓋臉！「呀！」

此時此刻，懷中的米奇被驚醒了，嚇得哭了起來！

梁佳盈隻手扯下了蓋在頭上的衣服，耳邊聽見衣櫃門再度拖關上的聲音，放眼望去，竟已經瞧不見小兔的身影了！

她手上抓著的，是她掛在衣櫃裡的漢服！

「不不不！」她立即放下了米奇，不顧一切的衝向了衣櫃！

爲母則剛，她怒不可遏的推開了衣櫃，伸手在裡頭瘋狂摸索，發瘋般的把放在裡面的衣服、上方掛著的洋裝外套，全部都扯下來，逕往地上扔去！

即使扔到滿地都是衣物，即使衣櫃已經空空如也，但是……依舊沒有小兔的身影。

沒有。

「小兔——」

發出退貨申請後，賣家很快就打來了，她非常無奈的表示請不要退貨，因為她也是代賣而已，原址現在可能已經住進其他人了！杜子成堅持要退，並且直言衣櫃有問題。

「出貨前都直播給你們看過，每一寸每一角由內到外，先生，買東西真的不能這樣！」一個中年女人非常不高興的抱怨著，「而且我賣場有寫明，二手商品恕不退換的！」

杜子成最後直接跟賣家約定了一個地點，要求見面談，這才是他的目的。

「那個衣櫃……妳說妳是代賣，那原主人呢？上一個使用過的人！」杜子成不想廢話，他朝女人身後望去，她的車上只坐了一個少年，正努力的在打電動。

「不知道。」女人很無奈的嘆口氣，「那是我丈夫，我現在根本找不到他，正在訴請離婚！他失蹤前就已經把那個東西放上網路賣了，我是收到有意願購買者的訊息我才知道的！」

失蹤？杜子成的心涼了半截，「怎麼失蹤的？」

「我也不知道，就有一天聯繫不上，我還去備了案，才發現原來他在外面另外有個家，那衣櫃就是那個家的家具。」女人口吻裡還帶著怒火，「大概連夜帶著小三跑了吧！」

「跑路嗎？跑路前還賣家具？但東西都沒賣掉他也沒錢啊！」這太不合邏輯了。

「他什麼都沒帶，就這樣消失了！」女人聳了聳肩，她其實不想去理那個渣男，「唯一放上拍賣的只有這個衣櫃，是因為你們在問，否則其他家具我都是在地方社團轉賣、轉贈，或是直接扔了。」

面對一個還有第二個家的渣男，幫他善後就已經夠嗆的了！

「那為什麼妳沒把那個衣櫃也扔掉？妳接手後應該可以取消販售吧？」杜

子成覺得這點非常詭異，而且她還開直播讓他們看物品情況！「妳只賣兩千塊啊！」

女人望著他，若有所思的蹙起眉……是啊，爲什麼？

「我也不知道……對，你現在說我也覺得奇怪，區區兩千塊我忙什麼？還錄影、開直播給你們看，再找人打包寄送，多廢事啊！但我眞的不知道爲什麼不撤下……」

爲什麼？扔掉或是直接在地社團轉送都方便吧？

購買衣櫃的過程主要是佳盈負責的，他就是在旁邊參與而已，所以也是老婆跟這位女人聯繫的，正因爲有年代、原木又價廉，才吸引了老婆。

但就是太便宜了。

「那妳知道那個衣櫃他是在哪裡買的嗎？」杜子成已經發現眼前的賣家並不知道事情原委，只能再往上一個賣家去找。

「這我倒眞的知道！在專門的二手家具網。」只見她拿出手機滑了幾下，「我把網址跟賣家資料給你。」

杜子成心急的等候著，一邊留意看佳盈有沒有傳新訊息過來。

「沒想到妳會知道衣櫃的來歷……」

「很難不知道吧，說來好笑！」女人搖著頭略顯無奈，「上一個賣家還會傳訊息給那個渣男，問他最近還好嗎？衣櫃使用上有沒有問題之類的……」

他知道！杜子成雙眼熠熠有光，上一個賣家絕對知道那個衣櫃有問題！

終於得到了上一個賣家的資料，那是另一種專門的二手家具網，杜子成不想拖泥帶水，直接加了對方社群帳號，開門山的問那個衣櫃的來歷究竟是什麼！

對方是秒讀的，但隔了好一會兒才回覆：

「眞不喜歡的話，就賣掉吧。」

「不是，我想知道這個衣櫃的來歷！我們覺得那衣櫃怪怪的！」

「記住：不要想破壞它、也不要想燒掉它，只要賣掉就不會有事了。」

「那衣櫃裡是不是有什麼？還是發生過什麼事？」

「你不能把這種東西亂賣給別人吧？我們家已經快被搞瘋了！」

「上一個買家人都失蹤了！」

但後面無論杜子成打了多少字，賣家都沒有再回應。

女人狐疑的看著慌亂到滿頭是汗的杜子成，略微遲疑的上前，「請問那個衣櫃怎麼了嗎？」

杜子成回頭看向她，幾度欲言又止，因爲他沒時間解釋，說了她也不懂！

「我得先走了，謝謝妳！」杜子成回到車上，他傳了幾封訊息給梁佳盈，卻都沒有收到回應。

叮，訊息突然回傳，他趕緊察看，居然是上上一個賣家的回應，但不多不少，就一句話：

「如果，衣櫃開始讓你不適的話，我建議你立刻馬上轉手賣掉，你只有三天的時間。」

三天？

杜子成掐指一算，今天不就正是第三天！

「媽媽……」

兩歲男孩就算不懂事，也能理解空氣中的凝重與狂亂，梁佳盈尖吼著小兔的名字，踉蹌的直奔下樓，幾度差點打滑，最後幾階根本是直接滑下去的！

「小兔！」

梁佳盈不停喚著孩子的名字，慌張得連鑰匙都對不準，越急越亂，鑰匙都插不進鑰匙孔裡，數次掉落！好不容易開了鎖，把手一壓才發現她出門前拿繩子跟對門綁在一起了，又趕緊拆繩子。

綁的時候因爲恐懼過甚，她幾乎都打了死結，狂亂中反而解不開，直接到一旁的工具箱內拿出刀子，將繩子一一割斷。

跌跌撞撞的衝進房間裡時，衣櫃依舊與世無爭的矗立在那裡，梁佳盈絲毫不在乎的直接拉開衣櫃，多希望小兔就在裡面！

沒有！

她再探向左邊，裡面空空如也，沒有任何衣物或是孩子。

「小兔！你是什麼怪物？把小兔還給我！」梁佳盈撕心裂肺的哭喊著，「那是我的孩子！」

衣櫃沒有回答她，一切是如此平靜，空蕩蕩的房間裡除了她的哭聲外，什麼多餘的聲響都沒有。

她看著漆黑寬深的衣櫃，突然有個大膽的想法。

她想起小兔說過裡面有小姐姐找她一起玩、有人在呼喚她，那是不是——如果她爬進衣櫃裡，也就能見到所謂的「小姐姐」跟小兔了？

她好怕，她想子成了，但是她沒有時間，她深怕小兔再也回不來，她必須去救小兔！

「媽媽來了，小兔！」她腳根本抖得舉不起來，雙手撐著衣櫃，直接挪了進去。

好寬……坐在裡頭的她看著這寬敞的衣櫃，依舊緊緊握著剪刀，這麼大的衣櫃，別說容納她了，他們全家窩進來都不是問題！

衣櫃的中間是裝飾板，所以現在衣櫃便是兩道敞開的門有光，中間一條黑影，她看著對面的方形投射光，等待著。

沒有動靜？梁佳盈伸手往牆面摸去，沒有暗門、也沒機關，她開始失控的拍擊起板子來，「小兔！小兔！回答媽媽！」

樓上傳來東西倒下的聲音，那是積木的聲響，應該是米奇在客廳玩，她當然知道二歲的孩子還在樓上，但是她六歲的女兒人在哪裡呢？

望著光，是因爲沒關門嗎？她心臟都快跳出來了，但還是爬到對面去，試著從裡面把左邊那扇門給關上；其實關門是很困難的，她想起唐恩羽那天的疑問，門內眞的沒有把手，她現在只能扣著門緣把門關到差一根指頭的寬度，但是扣不上啊！

右邊這側因爲有穿衣鏡的方框，還能捏著框條關起，但左邊是眞的沒有辦法。

看著頓時暗去一半光線的衣櫃，梁佳盈恐懼感更深，她轉頭看著敞開的右方衣櫃，她是不是應該要等子成回來再說？對！她不想待在這裡面！她爲什麼要把自己關進——才在想著，右邊的門突然開始移動，緩緩要關上了！

「咦！等等！」她即刻鬆手，趕緊爬過去要阻止衣櫃門的關上！

但就在她鬆開的那瞬間，一股強大的力量猛然由外將衣櫃左門關了上！噗！

「呀！」梁佳盈嚇得跳了起來，尙且來不及反應，右邊的衣櫃門也被用力關上了！「做什麼！」

她不假思索的挪到右邊，用身體就要撞開這應該輕而易舉就能破開的門——但是撞不開！她居然推不開這衣櫃門！

她手機呢？她手機剛剛不是還在手邊嗎？梁佳盈慌亂的開始在黑暗中摸索手

機的位置，明明房間裡也是有燈的，衣櫃亦有門縫，但此時此刻，卻一絲光亮也無！

「杜子成！杜子成——」她失控的哭喊出聲，「開門！是誰在搞鬼！開門——」

沙……細微的聲響，突兀的來自於同一個空間。

梁佳盈陡然一顫身子，全身血液逆流似的泛冷，緩緩抬頭看向衣櫃的另一端的黑暗……儘管伸手不見五指，但她卻可以知道對面有東西在，那個東西正在移動，擦過牆壁、朝她的方向挪移，沙沙聲起，然後——鏘啷鏘啷……

上方的衣架竟然在晃動！

「喝啊！」梁佳盈舉起剪刀，二話不說就往前方的黑暗刺過去！

結果她什麼都還沒刺到，無數雙手竟從她背後伸來、圈住她的頸子、勾住她的腰她的腿她的身子，然後——

唰！

鏘啷鏘啷……鏘啷鏘啷……

「媽咪？」

米奇踏著小腳站到了客房門口，他先是蹲下來撿起門口斷掉的繩子玩了幾秒，接著看見房裡地上發亮的手機。

「媽咪？」男孩一步步走向手機，手機不停亮著，來電顯示著：老公。

還沒走近，衣櫃的門啵的開啓，然後又像被風吹開般的大開門。

在男孩眼裡這是個巨大的衣櫃，他仰望著衣櫃上方仍在晃動的衣架們、空無一物的衣櫃，還有地上那個在發光的手機。

才想要拾撿，但衣櫃下方的大抽屜突然緩緩的往外推開了，唰唰……

一個、兩個……像是階梯一般，米奇沒有遲疑，一手抓玩具、一手抓著剛剛門把垂下的繩子，試圖踩著自動打開的抽屜當樓梯，爬上那個衣櫃。

男孩根本攀不穩，腳也踩不著，一個打滑立刻就摔跤，跌進了最下面的抽屜裡！原本半開的抽屜像是因應他的跌倒似的，立即變成大開，好讓米奇落進那匡寬大的抽屜裡。

「哎。」男孩狼狽的趴跌在抽屜裡，試圖撐著身子站起來。

噠砰！

咿……噗。

「佳盈！」杜子成將車子停在外頭，連停進家裡都等不及，匆匆忙忙開門進了家裡，「老婆！我回來了！」

只是才剛關上門，他就看見正前方的一地凌亂，遲疑的往前走去，看見了敞開的客房門，一地的黑色斷繩，還有裡面那個不動如山的衣櫃。

一股惡寒襲來，杜子成扯開嗓子喚著妻子小孩。

「佳盈！小兔！」他轉身朝著木梯奔上去，「米奇！」

衝上二樓，看見地上積木亂丟，他先去廚房探看、再衝到孩子的房間、主臥室，整個家裡找了一遍，安靜得彷彿只有他一個人！

但是妻子的車子停在外面，他知道她該在家的！

拿著手機邊打電話，邊到陽台去搜索，真的沒有人煙，再踅回主臥室時，他終於留意到一地的衣物，還有敞開的衣櫃。

狐疑的上前查看，衣櫃裡幾乎清空，上面掛著的、底下折疊的東西全部都被扔到地面，其中還不乏妻子珍愛的漢服！亂成這樣，頗有一種遭竊的姿態。他順手關上衣櫃，卻心慌得很！

「佳盈！」他緊張的站在樓梯口喊著，眼神瞄向了樓下的客房。

硬著頭皮下樓，一樓裡裡外外找了遍，包括唐恩羽之前睡的客房，但就是沒有人回應他！手機一直有通但無人接聽，他焦急的想再去樓上尋人時，卻在經過那間客房時，眼尾瞧見了在黑暗中閃爍的光亮。

咦？佳盈的手機爲什麼在裡面？

不安擴散到最大，杜子成先拿來椅子抵住門，多怕進房後門突然關上！

他戰戰兢兢的來到衣櫃前，手機就躺在地上，螢幕向上，顯示著他的來電。

杜子成害怕且謹慎的一秒衝上前，拾起手機再趕緊退後，視線忍不住落在了眼前那靜謐的衣櫃上。

兩天前還如此古典祥和，現在卻讓他毛骨悚然！

「佳盈？老婆？」他害怕的朝著衣櫃裡喊話，「老婆！」

回應他的卻只有他的回音，杜子成都快哭了，他的妻小都不見了，這到底怎麼回事？

咬牙上前，啵，拉開衣櫃，裡面卻什麼都沒有！沒有妻子、沒有小兔、也沒有米奇！他狂亂的在衣櫃裡摸索，這衣櫃大是大，但也不可能藏三個人吧！

他索性打開手電筒，想找得更清楚，但是當手電筒往裡頭一照時，他瞬間就愣住了。

整個衣櫃從底到頂，每一面牆上，滿佈著密密麻麻的帶血掌印！有拍上的、有抓撓的、有大有小，滿牆滿面的怵目驚心——杜子成驚恐的踉蹌後退，之前上面根本沒有這些血手印啊！

還沒從震驚中回神，嚇得後退的他卻發現了最下面那層抽屜，夾著一條黑色繩子……他立即看向一點鐘方向的門外，與走廊上散佈的繩子一模一樣，還沒來得及仔細端詳，就能看見繩子邊，還卡著一抹綠色的衣角。

今天米奇就穿著綠色的衣服……嗎……

「啊啊……」不不不！杜子成被恐懼侵蝕得站不穩當，一屁股跌坐在地，他伸出顫抖的手想去打開那只抽屜，但衣櫃卻比他更快。

兩個抽屜竟開始汩汩漫出鮮血，連左邊未曾打開的衣櫃底下也開始滲出大量紅血，杜子成理智線終於斷裂，連滾帶爬的朝著門口爬去。

「哇啊啊啊……」

他自己都不知道是怎麼爬上二樓的，也不知道摔了幾次，他根本無法思考，這種事太扯了太扯了！

慌亂的衝進自己房間，他嚇得將門上鎖，用抖得誇張的手拿出手機，他應該要報警！要告訴警察，衣櫃、衣櫃……杜子成愣住了，他慌張的淚水滴在螢幕上，他要說衣櫃怎麼了？

衣櫃吞了他妻小？還是……手指頭停住，他竟不知道該怎麼說。

「怎麼會有這種事啊啊啊！」他用咆哮發洩恐懼，無力的低垂著頭，他真的不知道能怎麼辦了！

點開手機，才發現他拿的是妻子的手機，他突然想到什麼，迅速點開相簿，他記得前天佳盈開箱時，有全程錄影！

杜子成看著螢幕裡的妻子開心的拆開包裝泡綿，然後……他瞪大了雙眼，心臟幾乎要停了！

那是、那是——

剎——他身後的衣櫃陡然推開，杜子成顫了身子，連回頭都來不及——

家。」

「賣掉？」

「對，我們也是因爲進入她帳號後，才發現有人下標了，這是在她失蹤前的事！」梁大哥擰著眉繼續追問，「妳還沒說，那時有發生什麼異樣嗎？不管是佳盈或是杜子成……」

唐恩羽看著學姐焦急的家人，卻忍不住瞄向那令人毛骨悚然的衣櫃，她能怎麼說？那時最奇怪的，就是這個衣櫃啊！

「一切都很好，都是因爲我出事我老姐才會離開的。」唐玄霖突然上前，由後扯住了唐恩羽的衣服，「他們爲什麼好端端的會失蹤呢？是只有學姐，還是？」

「全部，一家四口，而且除了佳盈的手機外，其他什麼都沒帶，全部不見了！」梁大哥一臉悲傷，「我們也是聯繫不到她，先發現的是杜子成的公司，但我們什麼線索都沒有，這、這太奇怪了！我們已經做了最壞的打算，但生要見人，死要見屍啊！」

「難怪我老姐也聯絡不上……警方怎麼說？有什麼線索？」唐玄霖繼續與梁

大哥攀談起來。

唐恩羽默默的站到一旁，她知道老弟在幫她掩蓋，他的反應才是「正常人」！一般聽到某人失蹤，都會驚愕的詢問事情原委，而不是像她一樣，只盯著那個衣櫃不放。

結果現在又有人買了那個衣櫃，跟學姐當初購入時一樣嗎？

鏘啷鏘啷鏘啷鏘啷鏘啷……唐恩羽忍不住看著被吊掛上貨車的衣櫃，那聲音是衣架嗎？是什麼衣架可以這樣亂晃吊掛還不動如山的啊？

「抱歉！我們要送走了，這邊簽一下名！」司機跑了過來。

梁大哥趕緊旋身去處理，並且付錢給運送的人員。

唐恩羽緊繃著身子想往前，滿臉的不可思議，「老弟，你覺得……」

「我覺得我們不要插手。」唐玄霖謹慎的回答，「妳根本不知道那個是什麼對吧？」

唐恩羽點了點頭，對，雖說那本該只是個衣櫃。

但她知道，學姐他們一家的失蹤，鐵定跟那個東西有關，只是……究竟發生了什麼事？按照梁大哥的說法，他們只是失蹤，表示現場沒有任何血跡或是屍體，那他們去了哪裡？

「同學，我們加個 LINE 吧，如果妳有想到任何佳盈的消息，就跟我說好嗎？」梁大哥跑了過來，拿著手機要加。

唐恩羽只能點點頭，與梁大哥互加好友，雖然她知道，學姐他們只怕永遠不會有消息了。

「走囉！謝謝！」司機從駕駛座探頭而出，喊了聲後，車子便緩緩離去。

唐玄霖同時催促著唐恩羽離開，留在這裡也沒有意義了，他們都知道，那位學姐已經不在這裡了。

「你說，學姐他們會去哪裡呢？」唐恩羽擰著眉，看著載有衣櫃的卡車，終於消失在眼前。

回首望向學姐那新裝修好的屋子，再度恢復了寧靜祥和。

「或許，可以問問下一個買家吧！」

第三章

酒店式公寓

龍雲

1.

不知道從什麼時候開始，房市出現了一個名詞，叫做「酒店式公寓」。

阿偉一直搞不清楚，這個所謂的酒店式公寓，到底是像酒店的公寓，還是像公寓的酒店？雖然從字面上的意思看起來，比較像是前者，不過實際上使用下來，感覺眞的比較像是後者。

簡單來說，就是可以長租的酒店，感覺比較符合現狀。換言之就算你要短租甚至是日租也可以，從這個性質看起來，確實比較像可以當成公寓的酒店。

其實定義如何，對大部分的人來說，或許都無所謂，但是對那些生活於其中，或者是考慮要買賣房地產的人來說，這個定義可能就比較關鍵了。

對已經在這裡居住三年的阿偉來說，這個所謂的酒店式公寓，眞的不知道是哪個白癡想出來的，不，或許對銷售方來說是個天才也說不定，但是對這些使用者來說，眞的很白癡。因爲它結合了酒店跟一般公寓，導致兩邊常見的缺點，它一個也少不了。

因爲冠上了酒店之名，所以這邊注定出入複雜，阿偉自己就遇到過在電梯裡面，看到一對情侶，拿著垃圾準備去集中垃圾場，然而那個垃圾卻是一個用箱子裝的枕頭。枕頭塞不進箱子裡面，所以有一大半還露在外面。然而問題就在那個枕頭，整個被類似鮮血般的血紅色液體給染色，完全看不出原本的顏色。

這已經讓人夠懷疑了，更糟糕的是那一對情侶的男方，還刻意壓低聲音對女方說：「冷靜。」也正是這句話讓阿偉整個頭皮發麻。原本還不確定讓枕頭染色的液體到底是什麼東西，但是這句話幾乎讓阿偉肯定那是鮮血，差別只是是什麼東西或者誰的血……

除此之外，那些壓抑不住心中慾火、在電梯裡面就在你掐我揉的偷情男女啦，或者是已經不知道幾次進駐到這裡的色情業者啦，更是三不五時就會出現在大樓之中。

至於公寓那些吵雜的環境、討厭的鄰居，以及煩人的管委會等等，這裡也一應俱全，每年開的住戶大會都幾乎上演全武行，吵到不可開交。

如果時光可以倒退到三年前，或者日後想要找個清淨的場所安居，阿偉絕對不會再考慮這種所謂的「酒店式公寓」。

不過千金難買早知道，現在後悔也來不及了，阿偉也不想要千辛萬苦再搬一次家，反正再過兩年自己就可能會轉調回去，忍一忍就過去了。說真的也還不到無法忍受的地步，所以牙一咬就過去了。

只是這樣的環境讓阿偉並沒有很喜歡回到那個獨居的家，所以每次都會想辦法在外面閒晃、亂逛，或者是找三五好友去聚個餐，到了很晚才願意回來。

今天也一樣，到了十點多，阿偉才拖著疲憊的步伐，以微醺的狀態步入了一樓大廳，揮揮手簡單跟管理員打聲招呼之後，轉到電梯間，按下了電梯。

這種狀態對阿偉來說，是回家的最佳狀態。等等回到家，洗個澡倒頭就睡，然後明天就可以元氣滿滿前往公司。

搭上電梯，回到自己所住的十一樓，來到自家門前，阿偉還是覺得這是個很不錯的一天。

然而一打開門進到家裡面，他就感覺一股冰冷從腳底直竄到自己的腦門，頓時酒意全消。

對於這樣的感覺，阿偉感到不解，都已經在這邊住了三年，從來不曾像現在這樣。

打開電燈，驅走那片可能會讓自己感覺到不安的黑暗，但是心中那詭異的感覺卻絲毫未減，反而似乎多出一些害怕或擔心什麼的不安。

或許這就是所謂生物的本能，對於眼前潛藏的危險或者是恐怖的事物，所產生的生理反應。

問題是究竟是什麼引發這個反應？

待在玄關望向客廳，一切都跟自己早上離開時沒什麼不同，所有東西似乎都在原本應該在的位置上。

不過內心理面的那個不安與冰涼感，還是十分強烈，甚至一度讓阿偉想要逃出去，找間網咖窩一晚好了。

不過理智還是驅使著阿偉向前走了幾步，廚房的空間一覽無遺，裡面看起來也一切正常，轉到臥室，乍看之下還是跟自己熟悉的模樣一樣，不過定睛一看就可以看到在昏暗的臥房地板，有著一團隆起的黑影，那絕對不是阿偉所熟悉的任何東西。

不過在昏暗的光線下，很難看清楚到底是什麼東西，阿偉站在門口，不敢進去臥房裡面，只敢伸手到門邊的牆壁，將臥房裡面的燈光打開。

雖然已經有了心理準備，但是一打開燈，看到了那團黑影的眞面目，還是讓阿偉倒抽了一口涼氣。

一個人型的物體就捲曲在地板上。

人型看起來是個女性，身體只穿著一件簡單的睡衣，不過睡衣看起來破破爛爛，不管身體還是睡衣看起來都很髒，頗有流浪漢的感覺，只是阿偉不記得自己看過穿著睡衣的女流浪漢。

但是這些都不是重點，重點是這女人爲什麼會這樣躺在自己的房間？

感覺到恐懼的同時，困惑與不解也同時浮現。

女人捲曲在地板上一動也不動，阿偉試圖出聲叫她，但是喂了幾聲對方完全沒有半點動靜。

仔細看，地板上有一條痕跡，一路延伸到了臥室裡面靠在牆邊的衣櫃，看起來就好像從衣櫃裡面爬出來的一樣。

這讓阿偉想到了幾年前看過的國外新聞，就是那種偷偷寄居在別人家裡面的情況，後來還有人把這樣的眞實案件拍成了電影，轟動一時，記得好像叫做《寄生上流》吧？

不過轉念一想，阿偉就排除了這種可能性，自己這裡可是公寓大樓，又沒有天花板的空間，更沒有什麼夾層，不可能是這樣的情況。

阿偉又叫了幾聲，這次聲音也算是中氣十足，只怕在這種時間，阿偉再像這樣叫幾聲，恐怕就會有鄰居通知管理員上來關切了，但是地上那女人卻仍然沒有半點反應。

這女人……該不會死了吧？

這樣的懷疑浮現在阿偉心中，同時也讓阿偉意識到問題的嚴重性，那就是如果這時候報警，自己可能完全沒有辦法交代爲什麼自己的家裡會有一具女屍。

不過，話說回來，這女人到底是誰啊？

想到這裡，阿偉心中浮現出幾個曾經跟自己在這個公寓裡面過夜或生活過的幾個女性，其中有一個還在這裡跟自己同居過幾個月。

這讓阿偉感覺到好奇，萬一這女人眞的是自己認識的，恐怕自己跳到黃河都洗不清了，因此繞進了屋內，小心翼翼的與對方保持距離，繞到可以看得到對方臉孔的地方。

女人的頭髮沒有擋住臉，所以阿偉勉強還可以看得出來，應該眞的是自己完全不認識的女性。另外從凹陷的臉頰與發黑的嘴唇，雖然不是學醫的，一生也沒看過幾具屍體，不過怎麼看都像是一具死亡已久的大體，至少電影裡面有出現死亡已久的屍體，大概都跟女人的狀況差不多。

雖然確認了女人不是自己認識的人，但是狀況卻還是讓人感到不解。

看著女人的大體，阿偉突然想到了一個可能性，記得以前在電梯裡面看到的那對男女，還有那個疑似沾滿鮮血的枕頭，雖然實際的情況自己不清楚，但是如果那個眞的是人血的話，血的主人不死也肯定半條命。

自己上次遇到的是滅跡，這一次會不會是毀屍呢？

幹！果然不應該住在這種龍蛇混雜的地方。

理智的推斷應該是大樓有人拘禁了這個女子，記得前陣子國外還是哪裡有過類似的情況，有人將女孩子囚禁了十多年之類的，會不會這棟大樓也有類似這樣的變態，結果不小心囚禁致死，爲了躲避警方的追緝，才會潛入自己家，將屍體放到自己家中，藉此嫁禍給自己？

阿偉印象中經過管理室的時候有看過監視器的畫面，雖然說走廊有監視器，但是似乎沒有所有地方都拍到，只有在頭尾兩處，像阿偉這種在走廊中段的根本拍不到。

調監視器畫面可能也沒有幫助……但是總不能就這樣算了吧？

總之還是先報警吧！

雖然對警方不是很有信心，也擔心自己會被當成嫌犯給逮捕，但是現在阿偉也真的無計可施，也只剩下報警一途了。

阿偉慌忙的從口袋裡面掏出手機，正準備撥打報警電話，眼角的餘光卻看到了衣櫃門有動靜。

阿偉抬起頭來，看向衣櫃，衣櫃的門剛才似乎動了一下。

低頭看了一下地上的軌跡，一路延伸到女子身體下。

從現場的情況看起來，怎麼看都像是女人從衣櫃裡面爬出來……

就在阿偉這麼想的同時，自然將視線轉到了女人身上——

結果想不到原本雙眼緊閉的女人，這時突然雙目圓睜瞪向阿偉，張大了嘴發出駭人的尖叫聲。

阿偉嚇到差點閃尿，正想跳開，誰知道女人一隻手就這樣抓住了阿偉的腳，阿偉重心不穩，整個人一屁股摔倒在地上。

地板上的女人，一邊尖叫，一邊朝阿偉爬過來，眼看女人步步進逼，阿偉也放聲尖叫，並且舉起腳，一腳就朝女人臉上狠狠的踹了下去。

2.

電梯門打開，一男一女走出了電梯，電梯裡面還有另外一個女性，在兩人離開之後，皺著眉搖了搖頭。

這一對男女有著鮮明的對比，男的是一間知名企業的董事長，穿著一身高貴的西裝，而女的卻是穿著十分暴露，先別說打扮與穿著了，光是那濃郁的香水味就足以讓人大概了解她工作的內容。

他們是林董與小蓮，對於這棟大樓已經算是熟門熟路，因爲兩人大概一個禮拜會來這裡大戰一回。對他們來說，這裡的日租套房比旅館還要好，樓下有管理員，加上遊走於法律邊緣，有很多旅館會遇到的事情，這裡都不會遇到。像是警察臨檢之類的，畢竟這裡有許多住家，警方可沒那個權力對住家隨便臨檢，因此多少也算是保護傘之下的聖地。

兩人拿著房卡來到了門前，用房卡開了門後，還沒等到門關起來，小蓮已經將身子朝林董身上靠，準備用胸前兩個碩大的肉彈，快速點燃林董心中的慾火。

然而林董卻不解風情的用手擋住了小蓮的肩膀，化解了這次小蓮的攻勢。

當然，都已經到這裡開房間了，林董絕對不是什麼清心寡慾的正人君子，只是不想要讓自己的西裝外套上面，都沾滿了這個風塵女人的香水味。

「乖，先幫我把外套掛起來，明天見客戶還要穿。」

林董一邊說著，一邊將外套給脫了下來，交給了小蓮，同時將房卡插入卡座，整個房間瞬間亮了起來。

小蓮接過外套，走入臥房，來到了衣櫃前。

打開衣櫃，空蕩蕩的衣櫃裡面吊著兩套浴袍，地上還擺著兩雙紙拖鞋。

將林董的西裝外套用衣架套起來，小蓮在心裡面啐道：「怕老婆聞到就說怕老婆聞到，什麼見客戶？媽的！當老娘第一天出來混啊！」

將西裝小心掛起來的同時，內心還接著罵道：「見客戶聞到老娘體香不好嗎？說不定對方有興趣，你還可以幫我介紹多一位客戶啊！幹！」

掛好衣服的同時，心中明明有諸多抱怨，但是一轉過身，臉上掛著的卻是甜甜的笑。

結果林董一個箭步上前，一把就摟住了小蓮，定睛一看，這傢伙居然已經脫到一絲不掛，跟剛剛擋住自己的人，根本是他媽多重人格吧！

林董摟住小蓮，就好像幾百年沒近過女色的和尚般，不只嘴巴不停吸吮著小蓮的頸子，手上也開始不安分的在小蓮身上遊走。

小蓮這邊則是假裝叫出聲的同時，盡可能裝作慾火中燒享受著對方的一切。

兩人就這樣靠在衣櫃門上，激情的開始床上戰鬥的前哨戰……

……等等。

小蓮突然感覺有點不對，林董一隻手正用力搓揉著她的乳房，一隻手向下摸著自己的胯下，那……屁股的手……

幹！

小蓮突然嚇到猛然向前跳，結果這一跳太猛，頭撞到了林董的牙齒，幾乎把林董撞倒在地上。

林董痛到整個人摀著嘴，踉蹌了幾步之後才勉強在床邊坐下。

「三小！」林董摀著嘴斥道。

「不是！那個……你在摸哪裡!?」小蓮鐵青著臉說。

只是這話瞬間讓林董真的哭笑不得。

果然在小蓮的曼妙舞姿與誘人體態前面，原本已經興致缺缺的林董，雖然還是沉著臉，但是目光已經完全被小蓮所吸引，就連嘴上叼著的菸都忘記要點了。

看到林董的模樣，小蓮內心也忍不住自豪了起來。

開什麼玩笑！老娘可她媽在這行業也算多才多藝好嗎！不然可以收你那麼多錢？

轉眼間小蓮已經脫掉了上衣，露出了傲人的雙峰，全身上下也只剩下那件短褲，這裡小蓮可是有必殺技的。

小蓮的必殺技就是轉身背對林董，然後一口氣將短褲與內褲一起脫下，從林董的這個角度，可以一飽眼福，欣賞小蓮最傲人的私密部位，這也算是眞正VIP級的客戶才能享有的最佳視角。

小蓮調整了一下呼吸，雙腳微開與肩同寬，然後雙手抓著自己的短褲，一鼓作氣猛力一拉的同時，整個人也跟著褲子彎下腰，完美使出了這個最後的必殺技。

「幹！」

身後的林董突然大聲叫道。

「嗯？」

這招用過幾次，從來沒聽過這樣的反應，一般頂多都是豬哥般的叫聲，像這種驚嘆還真是沒聽過！

小蓮透過雙腳之間看到顛倒的林董，林董已經從床上跳起來，用手指著她的屁股。

就在小蓮還在狐疑之際，林董用顫抖的聲音說：「妳的屁股……真的他媽有個掌印啊！」

原本還感到不解的小蓮，在聽到林董這麼說，整個人立刻站直，回頭看了一下，發現看不清楚，於是光溜溜的跑到了房間的玄關，在那邊有片落地鏡。

果然正如林董所說的，自己的屁股上面，真的很清楚的有一個掌印，看起來就好像沾到了煤炭還是什麼東西的手，在自己的屁股上摸了一下一樣。

小蓮見狀立刻下意識去擦，還好不是瘀青，用力幾下，掌印就糊開了，讓小蓮稍稍鬆一口氣。

小蓮一邊擦著自己的屁股蛋，一邊將頭轉回房間，只見林董站在衣櫃前，指著衣櫃問：「我們剛剛是靠在這邊吧？」

「嗯。」小蓮點頭。

剛剛一掛好林堇的外套，林堇就像個小色狗一樣，脫個精光撲向自己，兩人就靠在衣櫃門上。

所以如果有手加入這場戰局，先不要想那些怪力亂神的情況，那個手的主人確實很有可能就是躲在衣櫃裡面。

只是這是林堇的想法，對剛剛開過衣櫃的小蓮來說，裡面確實有可以容納一個人的空間，但是根本無處可躲，如果衣櫃裡面真的有人，剛剛打開絕對看得到。

不過林堇還是準備打開衣櫃看著仔細，只見林堇深呼吸一口氣，將衣櫃門一口氣打開。

「這……」

林堇沉著臉，張大雙眼瞪著衣櫃裡面。

小蓮不解，停下了擦拭自己屁股蛋的動作。

「……我的外套呢？」林堇轉過頭來問小蓮。

小蓮皺著眉頭，不明白林堇的意思，剛剛自己確實已經把林堇寶貝的西裝外套掛在裡面了。

小蓮從玄關走回衣櫃前，朝裡面一看，頓時整個人都傻了。

只見衣櫃裡面不要說林董的西裝了，光是鐵竿上掛著滿滿的衣服，就已經足夠讓小蓮傻眼了！

「這是怎麼回事？剛剛不是這樣的！」

然而此刻衣櫃裡面不只掛滿了衣服，而且都是完全沒見過的衣服。

明明剛剛自己打開的時候，只有兩件浴袍，跟兩雙紙拖鞋，但是現在衣櫃裡面卻滿滿都掛著衣服。

「不！」

小蓮搖著頭拼命的否認，彷彿只要否認這一切都不算真的發生一樣。不只有掛的那根鐵條位置不一樣，就連裡面的木頭隔間也完全不一樣。

「不只是衣服，剛剛的衣櫃裡面真的不是長這樣啊！」

就在小蓮已經有點嚇到頭皮發麻、大聲對林董叫道的同時，啪的一聲，屋內的燈光全熄滅，轉瞬間變成幾乎可以算得上是伸手不見五指的黑暗。

遇到這種突發情況，小蓮再也忍不住，大聲尖叫了起來。

「啊！啊！啊——————！」

一旁的林董雖然也嚇一跳，內心也同樣害怕，不過終究還是自認爲男子漢大丈夫，因此出聲要小蓮冷靜。

「冷靜！」

林董大聲喝斥小蓮的同時，也用力用手抓住小蓮的手。

「冷靜點！」

在林董的喝斥之下，小蓮暫停了尖叫。

「別緊張，我們先想辦法出去。」

林董說完之後，牽著小蓮的手，開始朝著記憶中房門的方向走去。

走了一小段路之後，林董摸到了牆壁，這讓林董感覺比較安心了一點，順著牆壁摸到了玄關，腳上突然感覺踩到了衣服之類的東西，這讓林董知道自己已經到了玄關旁邊了，因爲剛剛的自己就是趁小蓮去掛外套的時候，在玄關迅速脫光的。

林董牽著小蓮的手彎下腰，然後準備將自己的衣服撿起來的時候，手在地上摸了一下，突然感覺到有個東西硬硬的。林董摸了一下，那東西方方正正，感覺就像一張卡片一樣，讓林董頓時猜到手上這個東西是什麼。

這裡跟一般住家不同，畢竟還是飯店，所以有房卡，而且跟一般的飯店一樣，房卡跟房間裡面的電源有連動，需要插著房卡，房間裡面才會有電。

因此如果像這樣房卡掉在地上，房間裡面自然不會有電。

林董拿起房卡，站起身來，心想剛剛就是太猴急了，忙著脫衣服才會沒有把房卡插好。

雖然這個推論可能不太合邏輯，也經不起推敲，但是至少有了一種說法，確實讓林董冷靜了不少。

林董拿著卡，用手背刷找了一下牆壁，找到了插房卡的機台，然後將手上的房卡插下去。

果然，頓時房間又燈火通明。

林董舒了一口氣，然後轉過頭……

只見小蓮還站在衣櫃前，全身赤裸的她手上抱著自己的衣服。

而兩人中間，那個他一路牽過來的身影，就站在他身旁。

遠處的小蓮，已經瞪大雙眼說明了一切。

但是林董還是轉頭看過去，下一秒林董的口中發出了這輩子最大的尖叫聲，比起剛剛的小蓮有過之而無不及。

3.

在被調來這棟社區大樓當管理員之前，小廖就已經有了心理準備，任何工作地點都有它的優缺點，而且常常福禍相連。

即便如此，每次轉調都還是會讓小廖有種抽籤的感覺，總是希望抽到優點多一點的大樓。這一次被調到這棟社區大樓，小廖一樣祈禱，不過一連幾個前輩都待不下去的大樓，眞的不算是個好籤，至少肯定不會是個涼缺。

經過了一個月之後，雖然不了解一連幾個前輩爲什麼會離職，不過至少沒有想像中那麼糟。

這棟大樓打著酒店式公寓的名號，但是實際上卻跟旅館沒什麼兩樣，只是這裡還有些長期居住的居民。

雖然出入複雜，不過對不是住在這裡的小廖來說，完全不是問題。

大樓的構成結構，除了上面兩層都是登記在案的旅店，其他也有自營戶，眞正住在這裡的屋主少之又少。

或許也是因爲這個緣故，所以所謂的門禁，根本形同虛設，畢竟都是旅客居多，實際上的住戶大概一個禮拜小廖都記得了，數量恐怕連住戶總數的三成都不到。

如果眞的要跟正常社區那樣，進行門禁管理，那麼這絕對會是世界上最苦的職缺，一天恐怕要登記超過一百個以上的旅客。不要說小廖會不耐煩了，那些旅店業者跟旅客恐怕也會不耐煩。

加上這邊是住商混合，所以還有一些工商行號進駐在大樓裡面，那些公司行號除了工作人員外也有訪客，要一一登記與通知的話，其他什麼事情都不用做了。

因此打從上任第一天，小廖就了解到，這裡所謂的門禁，說來眞的可笑至極，眞正攔住的反而是政府人員，像是警察之類的，沒有搜索票的情況，不能入內搜索。

其他時候，眞正的門禁就是電梯裡面那個讀卡機，但是整棟大樓有一半以上的住戶，都有全樓層通行的卡片。畢竟只要有旅客，就需要房務，房間分散在各樓的情況，就需要用電梯互通。

所以身爲這樣管理員形同虛設的大樓，除非有特別的情況，不然都是盡可能通融，有住戶忘了帶卡，幫忙感應一下，或者是有訪客，只要換證就可以，不需要還要透過對講機跟住戶確認。

然而，看起來似乎很鬆散，沒有太多要求，但是實際上做起來，反而感覺有種不安的感覺。

畢竟管理嚴格，有明確的規章，確實很麻煩，但是對小廖這種管理員來說，反而有所本，面對不管什麼樣的情況，都有準確的流程，說不定反而輕鬆。

但是像這樣隨時都要靠小廖自己一個人臨機應變，感覺就是一個慣老闆，什麼都無所謂，但是一旦出事了，小廖還得扛責任，就讓人很討厭了。

這點小廖很有自知之明，然而在類似這樣的事情發生之前，這裡絕對可以算是個涼爽的職缺。

今晚，又是小廖輪值的夜晚。

到了晚上十點後，出入的人員變得很少，這時一個女子走進大門，逕直朝著櫃檯而來。

這裡有點小訣竅，基本上如果對方無視自己過去，那麼小廖也不會有任何動作，反正對方如果有卡，就表示他是可以自由進出的。如果沒卡，他自然上不去，只能回來櫃檯。如果對方直接上前來到櫃檯，或者是沒辦法搭電梯而來到櫃檯，那麼小廖就會走基本流程，要求拿證件換卡。

女子來到了櫃檯前，對小廖說：「你好，我跟住戶有約，要來檢查商品的。」

「嗯，」小廖打量了女子一眼，點點頭說：「那麻煩妳打電話跟她說一下，說妳在樓下，請她讓妳上去。」

小廖的回應讓女子有點困擾，她皺著眉頭說：「不是，我是透過網站聯絡的，所以沒有她的通訊方式，但是我們確實約好了現在要來。」

眼前的這個女子不是別人，正是唐恩羽。

她透過梁大哥那邊取得了下一個買家的地址，誰知道去了之後，才知道那只是收發中心，又轉了好大一圈，好不容易才找到了這個新買家的地址。

一路上都已經不知道說了多少謊，才一路過關斬將，來到了這個買家的樓下，不管怎樣，她今天都一定要想辦法上去。算算日子，從櫃子發貨至今已經超過了一個禮拜了。

如無意外，買家說不定已經凶多吉少了，所以一定要上去看看情況才行。

「聽著，他們跟我們買的商品出了問題，」唐恩羽搬出在收發中心說過的謊言，試圖再闖一次關：「很危險，如果出事了，你要負全責嗎？」

先前在收發中心的時候，就是用這個說法，唬得櫃檯人員一愣一愣，將發送住址雙手奉上，唐恩羽才有機會一路追到這裡。

誰知道這個方法對眼前的管理員似乎不太管用，只見小廖挑眉一臉狐疑的看著唐恩羽，冷冷的問：「什麼商品？」

這有點出乎唐恩羽意料之外，愣了一下才非常沒有氣魄的說：「……一個衣櫃。」

聽到唐恩羽的這個答案，小廖笑了，他實在很難想像一個衣櫃會有多危險，倒下來壓死人嗎？

眼看小廖完全不買帳，讓唐恩羽沉下了臉。

「聽著，」唐恩羽一臉嚴肅，「日本倒了核廢水，你沒看新聞嗎？」

這是最近這幾天吵得沸沸揚揚的新聞，管理員平常值班沒事就是會看看新聞，看看網路上的討論，因此這件事情小廖當然也已經知道了，只是他不懂這跟衣櫃有什麼關係。

「然後呢？」

「這新聞引起民眾恐慌啊！」唐恩羽露出無奈的神情，「一堆人去買什麼輻射檢測儀，幹！他們不去測海鮮，沒事測我們的衣櫃，然後那儀器也不知道是真的假的，逼逼逼逼的亂叫一通，她現在聲稱有輻射，極度危險，吵著要退貨。公司那邊也不能讓她這樣說退就退啊，所以特別讓我來檢查。如果你堅持不讓我上去，那沒關係，我註明這一點就可以了，不要到時候你不認帳，會害到我的。」

聽到唐恩羽這麼說，小廖舉起雙手表示投降：「你知道她住幾樓？」

「十一樓。」

「嗯，請換證件。」

唐恩羽不知道的是，這些詢問其實都是假的，小廖就只是單純看唐恩羽頗有姿色，有點好奇才閒聊幾句，不然管妳是來檢查貨的還是偷人的，只要證件一丟說出樓層，小廖就會讓她過去了。

不過證件卻讓唐恩羽猶豫了一會兒，如果可以的話，她實在不想要留下痕跡，畢竟對方萬一真的失蹤了，自己又剛好在這時候出現，會不會引發不必要的麻煩。

然而剛剛還可以用捷運上剛好看到的新聞來掰出一個理由，這一次卻不知道用什麼理由來搪塞。

就在唐恩羽假裝摸著包包找證件，盤算著要是說證件忘了帶，不知道可不可以過關的時候，一陣刺耳的鈴聲，從櫃檯後面傳來。

小廖低下頭，看到了是住戶通話警示燈，他舉起手示意唐恩羽稍等，然後按下了住戶通話鍵。

一按下去，立刻傳來一陣刺耳的女子尖叫聲，把在場的小廖跟唐恩羽都嚇了一跳！

「啊！救命！快點！幹！這破門怎麼打不開啊！」

然後通話戛然而止，留下一臉錯愕的小廖與唐恩羽面面相覷。

小廖回過神來問唐恩羽：「妳說十一樓？」

唐恩羽點頭。

小廖拿起卡，然後走出櫃檯，跟唐恩羽說：「跟我來。」

兩人一起搭上電梯，小廖按下了十一樓，看樣子剛剛那個通話正是十一樓的，所以小廖也一起上去。

唐恩羽心中在想著，該不會眞的就是她要找的那一戶，如果從通話內容來看，至少剛剛那戶人家還活著，也許眞的讓她趕上了也說不定。

這時只聽到一旁的小廖輕聲的咒罵著：「媽的！如果又是那些毒蟲吸到翻掉，在那邊產生幻覺，我這次絕對會報警處理。」

轉眼間，電梯抵達十一樓，電梯門一打開，兩人才剛走出電梯，突然就有一個人一把抓住了小廖的手。

「管理員！你來得正好！」

這時唐恩羽才看清楚，抓住管理員手的是一個男人，而小廖也認出來，抓住他手的是十一樓的住戶阿偉。

這個阿偉住的是十一樓之九，而剛剛那個求救的女人則是十一樓之十九，兩人隔了足足有十戶之遠。

然而沒有等小廖多問，阿偉就拉著小廖的手，到了他的房門前。

「我的房間裡面……」阿偉說到這裡突然顯得欲言又止，「該怎麼說，有個……」

眼看阿偉講不下去，小廖幫忙問：「有人？有小偷？東西不見？」

「不是，」阿偉彆扭了一會兒說，「唉，這該怎麼說？」

「不好意思，」小廖沒好氣的說，「你先想清楚什麼情況，我是因爲十一樓之十九室上來的，我先去那邊看看……」

結果話還沒說完，遠處一個門突然「碰！」一聲打開，不，說被撞開還比較合適，一個身影也跟著好像被人拋了出來一樣，從門裡面竄了出來。

那身影撞上了牆，整個重重摔在地板上，也吸引了在走廊上三人的目光，然而一直等到那身影蹣跚爬起身來，這下眾人才看清楚那身影的模樣。

乖乖！想不到那身影竟然是個女人，而且還是個一絲不掛的裸女！

女人爬起來後，一臉驚恐的望向門內，然後轉過頭來，看到三人之後，彷彿看到了救星一樣，拔腿朝三人狂奔而來，而女人胸前的兩座傲人山峰也隨之擺盪。

小廖也就算了，就連剛剛驚慌失措的阿偉，都看傻了眼，彷彿這世界上只存在著那兩座山峰一樣，兩個男人連嘴巴都合不起來，只差沒流口水了。

那女人也毫不遮掩，一路奔放的朝三人跑過來，直到三人面前才停下來。

「救、救命……林董……陌生男人……抓、抓了……」女人上氣不接下氣地說著。

唯一還保持有理性與大腦可以運行的唐恩羽，勉強將女人的隻字片語重組成句子問道：「林董被陌生男人抓了？」

女人猛力點頭，連胸前的兩座山峰也跟著點頭，這讓雙眼完全離不開女人雙峰的男人們，竟然也跟著點著頭。

眼看兩個男人彷彿中了什麼巫術，連反應的能力都沒有，唐恩羽無奈的說：「妳要不要先遮一下？」

說完之後，唐恩羽將自己的外套脫下來給女人，女人用外套披著自己赤裸的肉體，才徹底解開束縛兩個男人的咒語。

兩個男人不約而同用惡狠狠的眼光瞪向唐恩羽。

唐恩羽白了兩人一眼，然後問小廖：「你不用去看看嗎？」

小廖這才回過神來，點了點頭，然後朝十九室走過去。

唐恩羽跟著小廖，朝十九室去，突然經過了十三室，想起那個衣櫃的買家，應該就是十三室。然而現在引起騷動的，一個是九，一個是十九，兩者差距至少有將近五十公尺，十三室剛好在兩室中間。

是巧合嗎？還是……

這時走在前面的小廖，已經到了十九室門口了，唐恩羽也跟上去，而阿偉跟那位裸女，則與唐恩羽還隔了幾步的距離，眾人一起到了十九室外。

小廖看了一下屋內，似乎沒看出什麼問題，只有在地板上看到了應該是一個男人脫下來的西裝。

唐恩羽的腦海裡面，還在想會不會跟自己跑來這邊的原因有關的時候，只聽那女人說：「有個男人，把林董拖進衣櫃裡……」

聽到女人這麼說，唐恩羽知道，這一晚看樣子才正要開始，而且將會是漫長的一夜。

4.

媽的！今天到底是怎樣？

先是一個女人要檢查輻射衣櫃，然後一個男人房間裡面不知道是怎麼了，再加上一個裸女……好吧，這算福利，不過說什麼有人把林董抓進衣櫃裡，這他媽是吸多少才會「鏘」成這樣？

小廖一邊朝房裡走去，內心一邊想著。

轉眼間，就已經來到了衣櫃前，轉頭看向門口，只見兩女一男三雙眼睛盯著自己，讓小廖真的很想大罵三字經。

三人都是一臉緊張的神情，讓原本認為小蓮一定是吸毒吸茫了產生幻覺、才會說這麼離譜故事的小廖，不自覺的也跟著緊張了起來。

他深呼吸一口氣，手握著門把，然後猛然將衣櫃門打開！

三個擠在門口的人也隨著小廖的開門，心跳漏了一拍，小蓮甚至倒抽了一口氣。

然後三人就這樣靜靜的等著小廖，小廖愣愣的看著衣櫃，過了一會兒之後，才將頭轉向三人，更準確的說法是，將目光投向小蓮身上。

雖然小廖的臉色已經說明了一切，不過有那麼一霎那，唐恩羽感覺似乎隨時都會有一隻手從衣櫃門後面伸出來，將小廖給抓進衣櫃裡面。

「什麼都沒有啊！」小廖一臉無奈，「裡面只有兩件浴袍跟一件西裝外套。」

聽到小廖這麼說，小蓮側了頭，猶豫了一會兒之後才跑進屋裡面。

「奇怪？怎麼會又變回來了？」

小蓮跑到衣櫃前，朝裡面一看，眞的跟小廖說的一樣，只有浴袍跟自己不久前親手掛上的西裝外套。

可是剛剛眞的不是那樣的，小蓮開始比手畫腳，跟小廖說剛剛如何停電，然後等到林董把卡插上之後，就有一個很恐怖的男人跟林董手牽手。林董想逃卻被那男人一把抓住，小蓮為了自保，在房裡面不停逃竄，跟那恐怖男人保持距離。那男人無視林董不停掙扎，一路把林董抓到衣櫃前，將林董給塞到衣櫃裡面。

聽到小蓮說得繪聲繪影，唐恩羽腦海裡浮現出一個月前在學姐家發生的情況。如果那時候自己沒有用圍巾綁住衣櫃，會不會眞的也會被那個男人給抓到衣櫃裡面？

就在唐恩羽這麼想的時候，一旁的阿偉竟然幽幽的、小聲的說：「幹！不會也跑到我房間裡面吧？」

「你房間的也跟衣櫃有關？」聽到阿偉說的話，唐恩羽立刻轉頭問。

這時小廖也回到了門前，也順口問了阿偉。

「這邊搞定了，你呢？你又有什麼問題？你整理好你的說詞了嗎？」

「好像……該怎麼說，好像有個女人，從我的衣櫃裡面爬出來。」阿偉彆扭的將自己的情況說出來。

「又是衣櫃？」小廖一臉難以置信。

唐恩羽聽了也皺起了眉頭，因爲這已經遠遠超出她的想像了，雖然說她早就知道那個該死的衣櫃可以跟其他衣櫃連線，但是她不知道連別人家的衣櫃，或者該說連距離那麼遠的衣櫃都能連線……

不過如果眞的是這樣的話，那麼那天晚上，自己很可能不是做夢，而是眞的？

唐恩羽想到上個禮拜自己在家裡的夜晚，就是因爲那個夜晚似乎發生的事情，才會讓她決定繼續追查這個衣櫃。

「那……走吧。」小廖用手指示阿偉帶路，「去你那邊看看吧。」

阿偉點點頭之後，轉身朝自己的房間去，除了小廖跟唐恩羽之外，小蓮也不敢一個人待在那個房間，所以也追了出來。

走在後面的小廖，這時低聲問唐恩羽：「輻射會讓人腦袋鏘掉，出現幻覺嗎？」

唐恩羽無言了，雖然不是輻射專家，但是這應該不是輻射會對人產生的影響。不過這也算是自作孽，畢竟這個謊言是自己應急掰出來的，現在也只能聳聳肩。

眾人來到了阿偉的家門前，阿偉將門打開之前，還特別強調一次。

「我眞的不認識那個女人，也不知道她是怎麼出現在我的房子裡面的！一開始我還以爲她死掉了，誰知道她突然抓住我的腳……」

所有人有志一同臉上都浮現出疑惑的表情。

「所以我情急之下，可能有踢了她一、兩下，就這樣而已。」

當然，眾人完全不知道裡面是什麼情況，也只能點頭表示了解。

然後阿偉才終於將自己家的門打開，跟剛剛看過的那個房間完全不同，阿偉的家很有家的感覺，不像小蓮那間一眼看起來就是旅館的擺設。

阿偉示意小廖進去看，小廖有點不甘願的模樣，但還是走進屋內。

阿偉用手比著臥室的方向，示意那個女人就在裡面，小廖照著指示，來到了臥室門外，朝裡面看。

「又沒有！你們到底是怎樣啦！」這下就連小廖都忍不住了。

阿偉聽到之後，立即跑進了屋內。

由於跟小蓮那間房間不同的是，大門的角度完全看不到衣櫃，所以唐恩羽心一橫踏入屋內，跟著阿偉後面來到了臥房門前。

在確認了阿偉房間裡的衣櫃並不是那個自己的目標、而是一個普通的系統櫃之後，讓唐恩羽至少鬆了一口氣。

臥室裡面確實不見阿偉口中的人影，不過……地板上確實有一條從衣櫃延伸出來的痕跡。

唐恩羽順著軌跡一路看過去，軌跡延伸到了阿偉的床底下，唐恩羽側下身子朝床底下一看，頓時倒抽一口涼氣。

其他幾人見狀也跟著唐恩羽彎下腰朝床底看過去，只見一個女人捲曲躲在阿偉的床底下。

小廖見狀立刻上前，趴在地上叫女人出來，但是底下的女人完全沒有反應，小廖接著爬進床底下，然後過了一會兒，只見小廖驚慌失措的爬出來。

「死了！那女人已經死了！」

此話一出，讓在場所有人都瞪大了雙眼。

接下來場面一度陷入混亂，小廖立刻報警，阿偉也不管有沒有人在聽，拚了命的解釋自己那一腳沒有那麼大力，小蓮則匆匆忙忙穿上衣服，將外套還給唐恩羽，而唐恩羽只是靜靜的看著地板上那條拖痕，眞的跟阿偉說的一樣，這女人好像是從衣櫃裡面爬出來的一樣。

這讓唐恩羽想到了上個禮拜在自己家裡面的事情，那天晚上她因爲工作忙到很晚、很累，躺在床上正要入睡，結果就在半夢半醒之間，彷彿聽到了學姐的聲音在呼喚著自己。

唐恩羽迷迷糊糊睜開眼，懷疑自己是不是因爲一直掛念著學姐一家人的事情，才會彷彿產生幻聽。

正閉上眼準備繼續睡，又聽到了學姐的聲音，而且這一次她感覺聲音正是從衣櫃那邊傳來的。

『我們一家人都在衣櫃裡，救我們……』

唐恩羽頓時睡意全消，感覺那聲音彷彿就是從衣櫃裡面傳出來的，跑到了衣櫃前，正準備打開衣櫃，但是一個月前那恐怖的遭遇讓她懷疑，這一切會不會是詭計，只是爲了騙她打開衣櫃。然而遲疑了一會兒之後，唐恩羽還是打開了衣櫃，衣櫃裡面一切正常。

這下換唐恩羽納悶了，剛剛半睡半醒之間、彷彿聽到的聲音，到底是不是眞的？

或許學姐一家人眞的還在衣櫃裡面活著，就是有了這個想法，唐恩羽才會不顧老弟與男友的反對，堅持還要追查這個衣櫃的原因。

不過不管怎樣，眼前的情況已經超過了唐恩羽所能處理的範圍，既然出現了死人，那麼意味著情況已經失控，至少警方得要介入了。

雖然自己只是訪客，不過也算是目擊者，不知道會不會需要留下來做筆錄。

不過比起這個，她想到了自己來這邊的目的。

「我想這裡應該沒有我的事了，」唐恩羽對小廖說，「我先去找客戶。」

想不到會出現這麼嚴重的情況，此刻的小廖眞的是心慌意亂，忙著跟總公司還有總幹事匯報情況，沒空理會唐恩羽，於是揮了揮手要她自己去忙。

唐恩羽來到了自己今晚的目的地，也就是十一樓之十三的門前。

深呼吸一口氣之後，按下了門鈴。

從目前的情況看起來，時間已經遠遠超過三天了，加上其他兩戶都出現了那些衣櫃的現象，所以買家很有可能已經凶多吉少了。

但是唐恩羽還是希望有點不一樣的結果，所以等了一會兒沒有聽到裡面有半點動靜之後，又再度按下門鈴。

只是不管唐恩羽怎麼按，房間裡卻一點動靜也沒有。

就在唐恩羽打算放棄之際，一個聲音突然從身後傳來。

「你是要找屋主，還是……要找什麼其他的東西呢？」

唐恩羽嚇了一跳，猛一回頭，只見自己身後不知道什麼時候站了一個男子。

男人的眼睛瞇成了一條線，雖然臉上掛著笑容，但是不知道爲什麼卻給唐恩羽一種陰陽怪氣的感覺。

就在唐恩羽還不知道該怎麼回答男人所提出的上一個問題時，男子又突然丟出了下一個問題。

「妳要找的東西，該不會是衣櫃吧？」

這個問句瞬間點燃了唐恩羽心中所有的疑惑，雖然沒有回答，但是唐恩羽瞪大的雙眼，似乎已經給了男子一個最肯定的答案。

「這裡說話不方便，我們還是換個地方好了，」男子看了一眼前面還處於騷動狀態的十一樓之九室，「我在大樓對面看到了一間二十四小時的咖啡廳，或許我們轉移到那邊去聊聊吧。」

看著眼前這個小鼻子小眼睛的男人，唐恩羽只覺得對方可疑到了極點，不過既然他說得出衣櫃，唐恩羽沒有拒絕的理由，考慮了一下之後，點了點頭。

5.

兩人來到了大樓對面的咖啡廳，各自點了飲品之後，坐到了靠窗的位置上。

才剛坐下來，對面大樓的入口前就有兩台警車停了下來。

身爲管理員的小廖，看到幾個警員前來，立刻上前迎接警員。

剛剛在離開之前，唐恩羽有跟管理員說了一下，由於十一樓之十三室沒人開門，請他如果有時間的話幫忙聯絡一下，另外就是如果有什麼需要，自己會在對面的咖啡廳坐一會兒。

「我還是先自我介紹一下好了，」男子說：「我叫鍾聞，是個拍賣師。我也在找那個衣櫃，因爲……我曾經經手過那個衣櫃。」

「你知道那個衣櫃有問題嗎？」唐恩羽沉下臉問。

「一開始不知道，」鍾聞淡淡的說，「但是後來我有感覺這個衣櫃不太對勁。」

不知道爲什麼，唐恩羽總覺得這個叫做鍾聞的男人，有種似曾相識的感覺，但是一時又說不上來，似乎很像某種東西……

「所以我想要跟妳交換一下情報。」鍾聞臉上浮現出一抹微笑，「作爲誠意，我先跟妳分享一個故事好了。」

就是這麼一笑，讓唐恩羽終於想起自己覺得男人像什麼了，這個男人眞的很像那種漫畫中的狐狸，尤其是這一笑，彎曲的眼角跟嘴線，都像極了漫畫微笑的狐狸。

而不知道唐恩羽心思的狐狸男，收拾起笑容之後，淡淡的問了唐恩羽一個問題。

「妳有沒有聽說過，絕對不要得罪木工，這種說法呢？」

唐恩羽想了一會兒之後，搖了搖頭。

於是這位自稱是鍾聞的狐狸男，開始述說他要分享的故事……

6.

某個村子裡一個木工年幼的女兒死了，木工爲了心愛的女兒，舉辦了一場盛大的喪禮。

由於該木工手藝精湛、聲名遠播，所以慕名前來拜師或者想要高價收購他作品的人絡繹不絕，也帶動了村子的經濟與繁榮。

因此木工女兒的喪禮，幾乎所有村民都到場弔念。

村民們都知道，木工就只有這麼一個女兒，而且從小就將她視爲掌上明珠，捧在手掌心呵護，父女倆的感情深篤。然而木工女兒從小就體弱多病，惡疾纏身，所以大家聽到了木工女兒的死訊，都覺得對她來說，可能算是一種解脫，只是擔心木工會因此大受打擊，從此一蹶不振。

只是讓大家意外的是，雖然木工傷心憔悴，但是喪禮上還算是得體，沒有看到有任何精神崩潰的跡象。

或許木工的心裡早就已經有了準備，這一天遲早會來臨。

鄰居們雖然爲木工感到哀傷，但是也對木工的堅強感到欣慰。

木工女兒的喪禮，就這樣圓滿結束。

只是在那之後，村裡開始有了些奇怪的傳聞，有不少人說，深夜看到了木工女兒的身影，在木工家以及工廠附近徘徊。

隨著類似的傳聞甚囂塵上，讓村民們都感到惶恐，大家認爲木工女兒可能因爲年紀輕輕就惡疾纏身，最後沒能好好享受這個世界就往生，懷有遺憾或怨恨，才會陰魂不散。有些村民甚至建議村長去找木工，看看要不要幫女兒辦場鎮魂法會之類的。

就在此事鬧得沸沸揚揚之際，另外一件詭異的事件開始發酵，讓大家很快就轉移了目光。

一開始是村裡的一戶人家發現自家洗過晾在後院的衣服有短少的跡象，那戶人家以爲是風大將衣服吹走，在附近尋找卻沒能找到。當然少個幾件衣服，不要說村民了，就連那戶人家也不是太在意。只是比較奇怪的是，短少的衣服都是那戶人家媳婦的。

因此有些好事的村民，認爲是村裡有人暗戀那家媳婦下手偷的，本來類似這樣的傳聞無傷大雅，也只是大家茶餘飯後的一種消遣話題。

就算眞是如此，想必那戶人家也不想多做追究，所以事情也就此打住，沒有下文。

然而讓人意想不到的是，這件無傷大雅的事情卻有了驚人的轉折，那位衣服被偷的媳婦，在衣服失竊的幾天之後，竟然離奇暴斃。

而且死前似乎看到什麼恐怖的景象，整個人發瘋似的逃出家裡，家人們措手不及，追上去的時候已經不知道媳婦跑到哪裡去，結果第二天才被人發現陳屍在村外不遠的步道旁。值得一提的是，那條路是通往村外墓園的路，那個木工的女兒不久前才在那裡下葬。

當然媳婦的死是不是跟衣服失竊有關，這個還說不準，但是大家心中總是有點毛毛的。更糟糕的是，就在大家還沒從那家媳婦離奇死亡的慌亂中恢復過來，竟然又有另外一戶人家的衣服被偷。

這次衣服失竊的事件，就讓村民們全都炸了鍋，大家開始人心惶惶，沒人敢在外面曬衣服。

幾天後，那個衣服失竊的婦人死亡的同時，又有另外一戶人家衣服被偷了，而且這一次是收好在家裡的衣服被偷，這讓村子裡的人更加暴動。

村子裡的人組織起了巡守隊，並且開始不定時巡邏村子，就是想要把那個偷衣賊給抓起來。

與此同時，由於接連死去的幾個人，都是死在村子通往墓地的路上，因此有人開始將這些事情跟木工的女兒連接起來，認爲就是木工的女兒死不瞑目，眷戀人世才會偷拿別人的衣服。

至於爲什麼被拿衣服的人會暴斃，有些村民認爲就是因爲鬼魂穿了人的衣服，才將衣服主人的魂魄給勾走。雖然乍聽之下有點荒唐，但是至少解釋了爲什麼這些人臨死之前都好像看到鬼一樣，拚了命的想逃。

有了連結之後，村民們再也按耐不住，大夥齊聚村長家，要村長爲大家一起討公道，於是一行人浩浩蕩蕩的前往了木工的住所。

木工的工房與住家位於村郊，是村子裡面最大、佔地也最廣的一間。

一開始木工當然否認，誰知道幾個性子比較急的村民完全不等木工給個交代，直接就闖入了木工的工房，這一闖立刻引發衝突。木工的學徒們跟村民們大打出手，現場亂成一團。

由於村民這邊沒有任何實質的證據，村長跟一些比較理智的村民們，拉住那些比較衝動與悲痛的村民。

好不容易混亂逐漸平息，想不到剛剛一個溜進工房裡面的人，這時突然跑了出來，手上還拿著前一天才失竊的衣服。不只如此，那人還指出了裡面還有一些沒有拿出來的，全部都在工匠的工房裡面。

這下人贓俱獲的情況之下，原本還冷靜的村民們全都坐不住了，他們一鼓作氣制伏了木工的學徒們，也把木工抓了起來。

然而即便在眾人嚴刑拷打之下，木工還是不願意說出這一切的眞相，但是事件發展至今，已有多位村民喪命，眾人當然不會這樣放過木工，雙方都不退讓的情況之下，木工就這樣活活被村民們拷問至死。

眾人於是抓來了學徒，學徒看著自己師父慘死的模樣，終於說出了事情的眞相，原來一切眞的都是木工搞的鬼。

木工以借屍還魂的術法，讓死去的女兒還魂在她的肉身上，這解釋了爲什麼這些日子有那麼多人繪聲繪影看到木工女兒身影。然而這個方法卻有個問題，就是天網恢恢、疏而不漏，負責帶領往生者前往地府報到的鬼差與黑白無常不會放過木工女兒。因此，木工才會靠衣冠塚的方法，欺騙鬼差與黑白無常，讓那些衣服的主人代替自己的女兒被抓。

得知事情眞相的村民們憤恨不已，他們挖了墳，想要破除這個術法，卻發現木工女兒的棺材不見了。

於是他們又繼續逼問木工的學徒，這才知道木工原來已經身患重疾，活也活不久了，擔心自己死後，沒辦法繼續幫女兒找來衣服埋進棺材裡，所以木工想到了一個主意，改造了那個衣冠棺材，把它變成一個人們會自動放衣服進去的家具——衣櫃。

當然所有人都知道，這個衣服一旦放進去那個衣櫃裡面，衣服的主人會有什麼下場，因此所有人聞言都感覺到不寒而慄。

然而木工的學徒卻笑了，對於自己的師傅，想出了這個絕佳的主意感覺到驕傲，將棺木改造成衣櫃，讓買回家的人自動把衣服放進去。

村民立刻在工廠裡面尋找，但是卻完全沒有找到那個衣櫃，繼續逼問學徒，學徒卻什麼也不再多說，只有警告村民們，就算找到那個衣櫃，也絕對不能摧毀它，否則代價就是滅村。

村民們不死心，一群人繼續對學徒展開嚴刑逼供，另一群人則闖入木工的家中，想要揪出木工女兒跟衣櫃的下落。

只是木工的家哪有那麼容易闖入，擅長建築與製作機關的木工，讓所有闖進去的人都完全迷失方向，好不容易找到了木工女兒的蹤跡，近在咫尺卻遠在天邊，彷彿就在自己三米遠，但是一踏入房內，發現自己根本進錯門，在裡面不要說找人了，光是想要好好循原路走出來都有困難了。

最後村民們不得不放棄，但是也實在不願意就這樣屈服於木工的術法。於是，他們決定以毒攻毒，不管裡面迷宮有多複雜、機關有多少，只要放一把火，把整個房子燒了不就得了。

他們放火燒了木工的宅邸，一切也正如他們所預料的，不管怎樣的機關與迷宮，只要是木頭做的，一把火絕對都能吞噬掉一切。

大火很快就蔓延開來，整棟宅邸瞬間陷入一片火海，過沒多久，裡面就傳出木工女兒痛苦的哀號聲。

熊熊大火與木工女兒的哀號響徹整個夜晚，這才讓在場的村民們意識到自己的罪大惡極，然而一切已經來不及，就算想要撲滅火勢救人也早已經不可能。

於是眾人只能眼睜睜看著大火，聽著木工女兒的哀號從響徹雲霄，到最後越變越小，直到被淹沒在木柴劈啪作響的聲音之中。

木工的女兒跟村民的人性，一起消失在大火之中。

即便後悔莫及，但是等到大火過後，村民們的擔憂又再度浮上心頭，不只擔心那個術法，更擔心報應。

雖然想要繼續逼問那個學徒，但早已經被酷刑折磨到不成人形的學徒，再也受不了折磨而斷氣。

臨死之前，學徒告訴村民，就算燒死了木工女兒也沒用，畢竟她早就已經身亡，如今軀殼被毀，逼得她只能躲回衣櫃裡面。這也是村民犯下最愚蠢的錯誤，因為如果是借屍還魂的狀態，受到肉身所困，力量有限；但是如今眾人把她逼回到衣櫃裡面，只要有人朝裡面放衣服，她就可以得到力量，有了那些力量，終有一天她絕對會回來幫她自己與她父親報仇！

7.

窗外，幾個警員正帶著阿偉上了警車，似乎要回去警局做筆錄，將唐恩羽拉回現實。

「我以為你說的那個故事是很久以前發生的，至少不會是這三五年內的事情，想不到竟然是現在發生的事情。」唐恩羽說。

「不，故事確實是很久以前。」鍾聞說，「在那件事情發生之後，村子裡面的人，也確實找了那個衣櫃很長一段時間，但是都沒有找到。對村子裡面的人來說，根據那個學徒的說法，那個衣櫃保護了木工女兒的魂魄，也算是禁錮了木工女兒的魂魄，鬼差進不去，不，正確的說法應該是鬼差不知道要進去找人，然後木工女兒也不能出來，因為只要一出來鬼差隨時都會上門把她抓下去報到。」

唐恩羽似懂非懂的點了點頭。

「所以對村民來說，」鍾聞接著說，「衣櫃的存在同時是個芒刺在背的感覺，擔心被摧毀，到時候木工女兒在鬼差上門之前拚個同歸於盡；但是如果讓衣櫃繼續存在下去，總覺得沒完沒了，所以這些年仍然一直在尋找這個衣櫃，但是卻一直沒找到。」

這點唐恩羽完全能夠感同身受，記得當天在學姐家過夜的時候，衣櫃給她的壓迫感就是連睡覺都沒有辦法睡得安穩，那時候衣櫃還沒發威咧！

「另外就是這些年村子裡面也發生了許多事情，」鍾聞說，「大家都覺得跟這個衣櫃脫不了關係，而且明明就過了那麼多年，大家還是感覺木工女兒仍然在村子裡徘徊，似乎隨時在找機會報仇。」

「心理作用吧？畢竟做了虧心事。」

「這就是問題了。」鍾聞臉上又再度浮現出狐狸般的笑容，「這件事情發生比妳我想像都還要久遠，而且做了這種缺德的事情，原本就不會告訴後代子孫，但是……後代子孫卻每個都知道。」

「為什麼？」

「據他們的說法，他們小時候做夢都會夢到，當年他們長輩去殺木工燒房子的景象。一個人也就算了，但是全村的小孩都夢到同樣的景象，而且一代傳一代……不只如此，這些村民不只有小時候夢到，後來木工女兒也會三不五時出現在他們的夢裡面。」

「是只有那個村子？」唐恩羽一臉困惑，「還是搬離那個村子也會……」

「這就是另外一個恐怖的地方了，也是他們深信木工女兒的詛咒還存在的原因了。」

鍾聞頓了一會兒之後，臉上又再度浮現出微笑：「只要搬離那個村子的人，都活不過三年。」

「呼……」

聽到鍾聞這麼說，讓唐恩羽呼出一口氣的同時，也感覺到有點怪異。不知道是鍾聞的臉型天生就容易浮現笑容，還是……總覺得說這些事情的時候，不應該有這樣的表情才對。

「一個木工可以做到這種地步？」這是唐恩羽最難想像的事情。

「你有聽過魯班書嗎？」

「魯班我聽過，書沒有。」

「相傳那是魯班留下來的書，」鍾聞說，「現在市面上也找得到，不過裡面的內容都是經過篩選的，真正祕傳的術法，傳出來可不得了，因爲裡面包含了各種術法與風水之術。在過去很多時代中，魯班書都被當成了禁書。那個木工，正是魯班的傳人之一，所以那個衣冠塚還有他家裡的那些機關，幾乎都是出自於那本書。」

對唐恩羽來說，這還眞的是另外一個世界的事情。

「那後來呢？衣櫃又是怎麼出現的？」

「多年以後，村子進行了大規模的改建，改建會動到墓地，以及以前木工宅邸的那塊地，所以村子裡面的人，爲了墓地裡面那些老祖宗，紛紛起棺遷葬，結果……」

鍾聞臉上那不合時宜的笑容又再度浮現：「發現每一個棺材裡面，都只剩下衣服，就像當年所說的衣冠塚一樣，所有村民都不解，先人的遺骸到哪去了。然後就是木工宅邸的開挖工程，他們挖到了一個衣櫃，那個不知道經過了多少年，村子還不斷派人尋找，卻仍然找不到的衣櫃。」

唐恩羽皺起了眉頭，雖然考量到這可能眞的是天生長相的關係，但是還是讓人對那不合時宜的笑容感覺到不舒服。

「只是挖出來的同時，」鍾聞接著說，「似乎也喚醒了什麼，木工最恐怖的詛咒也開始了。一開始他們把衣櫃放在村長家，三天後村長家所有人都失蹤了。大家當然都認爲是衣櫃搞的鬼，於是有幾個人憤恨拿斧頭想要去拆衣櫃，一去就沒有回來，第二天大家去村長家看，那幾個人都慘死在衣櫃前，被斧頭大卸八塊。」

這讓唐恩羽慶幸自己當時的判斷是正確的，如果當時眞的想要毀了那衣櫃，會不會自己和學姐一家也跟這些村民一樣慘死？

「沒人知道怎麼回事，」鍾聞說，「衣櫃完好無損。結果有人提議，乾脆放一把火把衣櫃燒了，結果點火的時候，衣櫃沒燒，那人自己把自己給燒了。」

「所以眞的沒辦法摧毀那個衣櫃？」

鍾聞點了點頭說：「那些村民也這麼認爲，所以最後村委會的人決議，將它拍賣掉，找上的拍賣官就是……」

當然不用說唐恩羽也知道，那個拍賣官就是鍾聞。

「可是每次拍賣，最後都被退回，然後又轉手到了我的手上。」

這時鍾聞的臉上突然浮現出一抹哀傷的神情，這可是第一次，唐恩羽在鍾聞臉上看到了一點人性。

「而最後那一次，」鍾聞低著頭說，「我沒辦法在三天之內賣掉，結果……我的女兒就失蹤了。」

原來，這就是這男人要找這個衣櫃的原因啊。

鍾聞似乎講到了傷心處，突然站起身來說：「不好意思，我去一下廁所。」

唐恩羽禮貌性的點了點頭，鍾聞轉身朝廁所去，唐恩羽才大大的嘆了一口氣。

聽完鍾聞的遭遇，讓唐恩羽也感到心情有點沉重，這時手機突然響了起來，唐恩羽拿起來看了一下來電顯示，顯示著「山道猴子」，原本沉重的心情頓時消散，唐恩羽還噗哧一聲笑了出來。

前陣子有個影片紅了，叫做「山道猴子的一生」，唐恩羽看了之後，覺得裡面那個山道猴子，跟自己的弟弟唐玄霖上個月下山出車禍的情況有點像，就把老弟的稱呼改成了山道猴子，爲此唐玄霖超級火大。

唐恩羽接起電話，電話那頭熟悉的聲音傳進耳中。

「老姐。」

「猴子。」唐恩羽笑著回應。

「……我說過，妳要是再這樣叫我，我眞的會跟妳斷絕姐弟關係。」

「好啦，別那麼敏感啦，開個玩笑而已。」

「我是說眞的，我不是騎重機，而且那時候出事還不是因爲擔心妳……」

「是，眞是對不起，說吧，什麼事？」

「對，我查到了賣家的消息了。」

原來唐恩羽後來與唐玄霖分頭進行，唐恩羽負責追衣櫃的下落，唐玄霖則是負責尋源，找尋先前的買家。

「我跟妳說，」唐玄霖說，「我找到了這衣櫃先前進行過拍賣，而且還是同一家地下公司，由同一個拍賣師經手的，那個拍賣師叫做……鍾聞。」

唐恩羽聽了之後，笑了出來，這還眞是踏破鐵鞋無覓處。

「我知道，」唐恩羽說，「我現在就跟他坐在咖啡廳裡面。」

「妳跟他喝咖啡？」唐玄霖愣了一會兒之後說，「怎麼可能！他失蹤了，據他女兒說，爸爸是被衣櫃裡面的東西帶走的……」

這話一出，讓唐恩羽臉上的笑意頓時消散，與此同時，她也看到了那位自稱是鍾聞的男子，正走出廁所。

「回頭我再跟你說。」唐恩羽立即草草掛上了電話。

鍾聞回到了位置上，兩人點了點頭。

看著眼前這個自稱是已經失蹤的鍾聞，唐恩羽想著，該不該當場揭穿他，然後問清楚他是誰呢？考慮了一下之後，唐恩羽還是決定先按兵不動。

這時鍾聞突然指了指窗外，唐恩羽看過去，只見管理員小廖正朝這個咖啡廳過來。

「管理員好像要找妳，妳先過去吧，我就不過去了。」鍾聞說。

這時小廖穿過了馬路，果然透過窗戶看到了唐恩羽，便揮揮手示意要她出來一下。

唐恩羽像鍾聞打聲招呼之後，走出咖啡廳。

鍾聞隔著窗戶看著兩人比手畫腳，接著胸前突然震動了一下。

鍾聞從懷中掏出了手機，接起了電話，但是目光卻一直鎖定在咖啡廳外的兩人身上。

「我們抓到了一個男的，在公司附近鬼鬼祟祟的，剛剛還在跟人通話……」

電話裡面的男子這麼報告。

「等我回去再處理，」狐狸男淡淡的回應，但是立刻想到了什麼，對著電話說，「不，等等，你拿出那男人的手機，重播他最後打出的電話，對方接起來就掛掉。」

電話那頭的手下，照著指示行動。

狐狸男的雙眼，緊緊盯著正在穿越馬路的唐恩羽，過了一會兒之後，唐恩羽突然停下來，拿起了手機接了起來，不過似乎對方沒有回應就掛掉了。

唐恩羽猶豫了一會兒之後，還是跟著小廖進到了大樓裡面。

這夜似乎越來越有意思了……

想到這裡，狐狸男的嘴角也不自覺的微微上揚了起來。

第四章——衣櫃裡世界——Misa

1.

原本漆黑的畫面出現了倒數著的數字，3、2、1，場景切換。

右上角的直播間人數不斷上升，聊天室的訊息也不間斷，紛紛叫嚣著快點開始。

螢幕的場景看似在一個舞台上，左右兩旁有著紅絨布，舞台上卻是漆黑的，看不清有什麼。

「歡迎各位。」明顯使用機器變聲過的音調似男似女，雖怪異但不刺耳，一個戴著全白面具的人倏地出現在舞台正中央。

他的身形高挑，但卻全身都被黑色斗篷給罩住，唯一看得清晰的只有那詭異的白色面具，連眼睛的部分也無法辨識。

「久等了，我們現在正式開始。無論你是從哪裡得到這個直播的連結，想必都不是一般人，有可能你也是相關人士，或是命運使然。那麼，在開始前，先讓我說個故事吧。」

聊天室內開始謾罵，認爲此人有意拖延時間，但是對方卻文風不動，開始訴說起這個故事。

「跟所有的童話故事一樣，都從很久很久以前開始，在民智未開的某個時代、某個深山、某個村落，有一男一女相愛了，然後也跟所有老套的故事一樣，他們的戀愛不被祝福，可能是地位差異、可能是身分關係、可能是年齡問題、可能是家人不贊同，總之，男女決定逃離村莊到其他地方生活，讓他們可以繼續相戀。」

故事開始了，聊天室有人抱怨無聊，有人說浪費時間，但更多人靜靜聽著。他們會來到這個直播間當然不是爲了聽這個人講故事，但是故事，也是很重要的一環，唯有了解故事，才能明白。

凡事都先有因，才會有果。

男人在漆黑的林間奔跑，後頭的追兵不斷，那火光在遠處搖曳，但卻越來越近。

「我跑不動了。」女人喘著氣喊，未穿鞋的腳上都是傷痕，手裡帶著的小包衹是她全部的家當。

「我們如果在這裡停下來，一切都白費了！」男人焦急的喊，拉著女人的手往前，但他自己也很吃力，腳上的綁帶已經滲出血來。

見狀，女人只能咬牙，努力的邁開腳步。他們已經逃了好久、跑了好遠，爲什麼後面的追兵就是不放棄呢？

「呀！」女人的腳踩到了陷阱，捕獸器夾住了她的腳，機器鑲進她的肉之中，鮮血不斷流出，刺進骨頭的劇痛令女人近乎暈眩，她尖叫著，那聲音告知了追兵他們的方向。

「噓，噓！」男人立刻放下手裡的東西，抱住女人，並讓女人的牙齒咬在自己的肩膀上，那牙咬入肉之中，留下齒痕，咬出血珠，但這樣的痛也沒有女人腳上的千萬分之一痛。

「沒事、沒事，不要哭，不痛，安靜，小聲一點，我很抱歉，對不起。」男人在女人耳邊不斷低語哄著，他的手覆蓋在女人的眼睛上，沾滿了她的淚水，與他手上的泥巴混合成爲了黑色的淚痕。

然後男人低頭，讓女人繼續咬著自己的肩膀，再用手奮力扳開了捕獸夾，然後快速將女人丟到一旁的包袱打開，拿出裡頭乾淨的衣服撕開，快速幫女人包紮。

這見骨的傷口，還有那生鏽的捕獸夾，男人明白，女人需要治療。

他們逃不了了，到了最後，他們還是逃不了。

女人在劇痛之中還能保有一絲理智，她從男人眼中看見了放棄與堅定，這兩兩本該是相互矛盾的情緒卻同時出現在男人的眼中。

「噢，不……」女人在瞬間明白了男人的意圖，她抓住男人因爲連夜的逃跑而混雜著土與沙的衣服，用力搖頭，「不要丟下我！」

「我會把他們引開，妳慢慢的走，記住，往東方，我們在往東方第一個出現的村落會合。」

「不行！不能走！」女人抓住他懇求，這一走，怕就是永別。

「別擔心，我跑得很快，還會爬樹，我會躲過他們，」男人看了一下後頭的愈加靠近的火光，「我們在村莊見。」

男人親吻了女人的額頭，她來不及阻止，男人已經鬆開了手往另一個方向跑去，但他的身影一跛一跛的，腳上的傷已經阻礙他的前行。

「我在這裡！」可是他依舊大喊著，追兵立刻兵分兩路，一部分的人往男人的方向跑去，另一部分的火光依舊朝女人這來。

女人撕心裂肺，被追上就一切都完蛋了，所以她忍著痛往前，可是她又累又餓，他們已經連續逃了三天三夜，沒有休息、沒有喝水，她現在腳踏的每一步都是虛無。

眼前的景象一百八十度翻動，她跌倒了，躺在樹葉與泥土覆蓋的地面上，看著天空的星星。

她知道自己逃不了了，但希望至少男人能夠逃掉。

因爲，他們不會殺她，她是無可取代的。

但爲了不讓她跑走，爲了殺雞儆猴，他們會殺了他的。

故事停在了這裡，戴著面具的人停止動作，像是在注視大家一樣，但是不是眞的有在看無從得知，因爲整張面具連同眼睛都一併遮去，讓人不禁懷疑他是否有辦法呼吸。

「各位猜猜，男人和女人最後怎樣了嗎？」

聊天室的人不明白，這個故事和今天要展現的東西有何相關，又開始騷動起來。沒人對別人的愛情故事有興趣，他們只在乎那稀世珍寶。

然而，所有的故事都必然參雜著愛情故事，唯有加入愛情，這故事才更加有可看性，也才更能增加人性，以及……恨意。

嘿，別急，故事還沒完，接著聽下去，一定能聽見屬於你自己的答案。

2.

唐恩羽在電梯裡又看了一下手機，總覺得略有不安，老弟唐玄霖明明才剛掛斷電話，怎麼會這麼短的時間又打過來，可是打來了卻不說話直接掛斷？他這麼蠢，該不會調查別人沒發現別人也在調查他吧？

她相信自己的直覺，決定出了電梯要馬上打回去給唐玄霖，就算是自己多疑也好，至少要聽到聲音才能安心。

「……體的古怪……唐小姐，妳有在聽嗎？」小廖有些煩躁，他只想低調再低調、偷懶再偷懶的度過上班時刻，結果沒想到搞了有屍體的這一齣，這棟大樓龍蛇混雜，雖說他早知道有一天會出事，但沒想到一出就是出屍體，而且還是在一個最不起眼的平凡上班族的房間內。

是說，就算要出事，也不要挑在他當班時出事啊，有夠衰的！

「抱歉，我在想事……」電梯門正好打開，唐恩羽原本準備按下通話鍵，但十一樓卻傳來激烈的爭吵聲，警察正手忙腳亂的要制止一些男女的騷動，但很快其他間也傳來尖叫的聲音，這讓警察們分身乏術。

由於眼前一片混亂，唐恩羽將手機收回口袋，和小廖立刻上前詢問。

「發生什麼事情了？」

「衣櫃……衣櫃，衣櫃裡……哇！」從一房間衝出來的女人驚恐的吼叫，而唐恩羽站在後頭，先往門牌一看，十一樓之五，接著小心的往女人的房內窺探。

裡頭是簡單的擺設，看起來是短期居住，當她要踏入的時候，警察一馬當先擋住了她，「不要隨便進去，很危險！」

「危險？」唐恩羽重複這兩個字，「這裡沒有歹徒、也沒有殺人犯，爲什麼會危險？」

「這……」警察一時半刻也不知道怎麼回答，一開始接獲疑似殺人線報，他們以爲就是單純的凶殺案件，但來到這後發現不太對勁。

首先，屍體的狀況很奇怪。其次，一男一女的住戶都聲稱衣櫃鬧鬼。

一、兩個人講，大家還能當笑話，覺得他們就是嗑太多藥，但是當每個房間的屋主都接二連三跑了出來，聲稱家裡的衣櫃有問題時，那就不太對勁了。

「如果有問題的話，請聯絡章警官。現在請讓我進去。」唐恩羽推開了警察阻擋的手，執意進入。

「但是……」警察聽到章警官的名諱先是一愣，怎麼眼前這個年輕女生會認識章警官？一想到要動用到章警官，他不由得發顫。

「警察先生，先去處理其他住戶吧，你們也需要再加派人力比較好。」唐恩羽回頭一笑，又看向小廖，「管理員會陪我的。」

「欸，妳不要把我扯進去耶！」小廖怪叫，但無奈也只能跟著唐恩羽進去。畢竟要是有人在他當班的時候發生什麼事情，那責任歸咎下來可是不得了。

唐恩羽進到了房間，很快就看到角落的衣櫃，這衣櫃是左右推門式的，兩片拉門都置中，左右各露出了裡頭的衣服。

唐恩羽上前大膽的推動拉門，非常好推，「沒有奇怪的地方。」

「小姐，沒事就趕快回家吧！」小廖不想更多事情了，所以在後面催促。

「我本來就要回家了，是你過來找我的。」唐恩羽觀察這個衣櫃，所以不是左右雙開的衣櫃也會有問題？所以和衣櫃的外型也無關，只要是衣櫃都可以連通？

「啊，對對，妳要問十三室的狀況。」小廖和唐恩羽走出五室，然後比了下後方的房門，而門已經開啓，一個少女站在那，面容驚慌。

「那是……」

「那是十三室的住戶。」

唐恩羽不敢相信，當然她不希望有人傷亡，可是怎麼可能沒事？

「妳好，我是唐恩羽，請問妳是購買衣櫃的買家嗎？」她上前詢問，少女轉過頭來，白皙的肌膚與紅潤的朱唇，美得不像人間該有的模樣。

「啊，是的。」少女看起來不過二十，說話的語調卻十分穩重，「我聽到騷動所以出來看，聽說妳找我？」

「說來話長，我直接講重點，妳是不是在網路上買了一個衣櫃？」

「對啊，有什麼問題嗎？啊，管理員，大家都在叫什麼？」少女皺眉，那空靈的模樣震懾人心。

小廖明明記住所有的住戶了，可是卻沒見過這少女，這麼漂亮的女孩，他一定不會忘記，所以他有些看呆了。唐恩羽沒空理會被迷暈的愚蠢男人，又搶話問：「那個衣櫃現在還在裡面嗎？」

「是呀，還在……」

「我可以進去看嗎？」

「咦？」

不等少女回答，唐恩羽已經衝進去房內。

這裡乾淨整齊，用粉紅色爲主色調佈置一切，地上還有毛茸茸的粉色地毯，而電腦螢幕正顯示著影片播放，旁邊的耳罩式耳機還傳出不小的音量。屋內有著淡淡的橙香，唐恩羽眼神飄見角落有台擴香機，看來就是那裡傳出味道。

而她些些睜圓眼睛，在擴香機的旁邊，那衣櫃就佇立在那，既不突兀，也不顯得詭異，就像是沉寂了下來，靜靜的待著。

這一瞬間，唐恩羽還以爲找錯了衣櫃，因爲這毫無殺傷力的模樣，完全不是她在學姐家看見的樣子。

但是她不會認錯的，左右對開的門上處處有雕刻，上頭的漆斑駁卻不顯老舊，反而更有韻味，還有那桃裡帶紅的木頭，更是獨一無二。

「妳怎麼隨便進人家家啊？」少女不悅的跟著進來，小廖則站在外面等。

「這個衣櫃、妳買回來多久了？一個禮拜了吧！」

「是呀。」

「那爲什麼、妳……」爲什麼妳沒事？

這句話怎麼聽都太過於無禮，但唐恩羽想不到該怎麼問。

「妳沒有感覺這衣櫃有奇怪的地方嗎？」這是她絞盡腦汁後的委婉問法。

「奇怪？妳是說哪部分，特別便宜嗎？」少女失笑，彷彿真的沒有感覺到什麼怪異之處。

「這太奇怪了！」

「請問妳是哪位？爲什麼要問這衣櫃的事情？而且衣櫃怎麼了嗎？」少女看了一下外頭的小廖，似乎在責問怎麼讓這麼奇怪的人進來。

「唐小姐，既然衣櫃也沒問題的話，那就要麻煩妳離開了，我們還有別的事情要處理。」小廖邊說邊張望了四周，其他住客都很恐慌，每個人的衣櫃似乎都有問題……喔，大家的衣櫃都有問題，只有這位少女的衣櫃沒有問題，這好像也是一種問題。

不過，他不想管了！少一事是一事！

「抱歉，我沒有仔細說明來歷，這個衣櫃不能留！我叫做唐恩羽，如果妳相信我的話，我們借一步說話，對面有間咖啡廳，到那行嗎？」

少女有些猶豫，但是看了外頭的住戶歇斯底里的狀況，聽聽似乎也無妨。

「但是警察好像還有問題要問我，如果妳不介意等的話，那等等咖啡廳見？」

「好，沒問題。」唐恩羽由衷感謝，「對了，請問妳的名字是……」

「我叫白語。」

「好，等等見！」

於是唐恩羽和白語暫時告別，然後隻身離開了大樓。一樓已經聚集不少住戶，他們都在八卦十一樓是發生了什麼事情。看來除了十一樓以外，其他層的衣櫃並沒有問題。

唐恩羽回到了咖啡廳，但剛才狐狸臉的男人已經不見了。

他是誰？他假冒鍾聞做什麼？

他怎麼知道自己在追查衣櫃的事情？

「糟糕！」唐恩羽這才想起自己的老弟，她立刻撥了電話回去，但卻是關機的聲音。

關機，不正常。

但是他們姐弟遇到的事情又怎麼會正常呢，她擔心歸擔心，但也只能相信唐玄霖會自己想辦法的。

他們說好了，一個追查衣櫃的源頭，一個追查衣櫃的下落。

「加油啊，老弟。」所以她只能在咖啡廳祈求，希望老弟一切平安，順便還要想理由騙騙自家老媽今晚外宿之事。

然後，她只能先在咖啡廳等著白語到來。

3.

嘴裡有一個很苦的味道，鼻子則有些酸味，還有頭也很沉，眼皮也很重。

唐玄霖努力想睜開眼睛，但很快發現自己並不是一個人，所以他決定先假裝還沒醒，觀察狀況再行動。

他躺在冰涼又堅硬的磁磚上，意外的是手腳似乎沒被綁住，而旁邊有人走路的腳步聲，距離不近，但也沒有很遠，似乎在來回踱步著。過一會兒，他聽見一旁出現了皮製品摩擦的聲音，他認出那是什麼聲音，原來他躺在沙發旁邊的地上，而有人坐在沙發上。

「老大多久回來？」在沙發上的男人問，他的聲音又細又尖，像是老鼠一樣。

「快了，別那麼多問題。」而在另一個地方來回踱步的人回話的聲音渾厚多了。

嗯，所以有兩個男人是嗎？因爲沒辦法張開眼睛，唐玄霖無法確認兩個男人的身形，亦不可能和他們打架，先別說自己到底不是武打的料子，光是二打一就先輸一半。

嗚……要是老姐知道自己未打先認輸，一定又會要他多練練身體之類的。

但是，他是怎麼被迷昏都不記得，雖然說暈倒了也不會有記憶，但總是會有人靠近或是被抓住的印象吧。

就在他思考這些亂七八糟的事情時，他聽見了門打開的聲音，兩個男人馬上走過去，「老大！」

「嗯，就是這個傢伙？」這聲音以男人的聲音來說有些高亢，語氣帶著高傲，唐玄霖彷彿都能聽到他鼻子噴出的不屑氣息。

「對，我們抓到他在門口鬼鬼祟祟的，好像還在跟誰通風報信一樣……」這個應該是又尖又細的老鼠說的。

「那老大，您要我們回撥他的電話……是您去找的人嗎？」渾厚的男人回答，就決定稱呼他胖鼠好了。

「一個女人，也在追查衣櫃的下落，我恰巧在那裡遇見她……」

此時，唐玄霖偷偷將眼睛張開一條縫隙，想看清楚這房間的狀況，只見三個男人圍坐在一旁的沙發，似乎沒人在乎他就倒在這裡。

而主話者是擁有一張狐狸臉的男人，看起來就非善類，且有種令人不快的感覺。

從狐狸男敘述的內容看來，他從海邊找到了鍾聞丟棄的衣櫃，然後再次拍賣給了他人，購買者是個女人，且衣櫃也送去了一個禮拜，但沒有下文，所以他才去大樓查看狀況如何。

這衣櫃已經轉手非常多次，也一再的發生意外，上一個購買者全家失蹤後，衣櫃又被轉手賣給另一個女人，只是……這次衣櫃送去都一個禮拜了，卻沒有下文，所以他才去大樓查看狀況如何。

以往，無論衣櫃的持有者發生什麼事情，衣櫃總是會被他人轉手，前幾次湊巧都讓他來轉賣，然而這次卻毫無消息，所以狐狸男才會過去查看，才剛好遇見了也去探尋的唐恩羽。

他不知道爲什麼唐恩羽也會去查衣櫃的下落，只知道那目的絕對與自己不同。

「那買下衣櫃的女人也失蹤了嗎？」胖鼠問。

「八九不離十，但我沒有回去確認。」狐狸男拿出手機搜尋新聞，但是或許才剛發生，還找不到相關資訊，「反正要不了多久，衣櫃又會再次流通到市面上了。」

「老大，那這個男同學怎麼辦？」老鼠問，他們幾個看了過來，唐玄霖趕緊閉上眼睛。

「你說他在門口做什麼？」狐狸男問。

「他就電話聯繫別人說找到地下拍賣的地方，還說了鍾聞被衣櫃抓走。」

唐玄霖簡直無語，根本全部被聽到了，怎麼對方靠得那麼近，他卻完全沒有察覺，自己的警覺心真的這麼低？

「他通話的對象正好當時在跟我喝咖啡，感覺是個好像知道、但又不太清楚的女學生。」狐狸男的話讓唐玄霖些微驚訝，原來就是這個人假裝鍾聞。

「那該怎麼辦？」

「沒怎麼辦，他們能做些什麼？衣櫃不能銷毀也沒辦法擁有，他們能怎麼辦？」狐狸男冷笑，道出事實。

是，這就是最棘手的地方。

他明明要唐恩羽不要管閒事，不是每次他們都能僥倖逃過，衣櫃都已經轉手出去，但她就因爲半夜聽見了梁佳盈的呼救聲，所以決定要追查下去……他很懷疑那眞的是梁佳盈的聲音嗎？還是衣櫃惋惜沒有吃到唐恩羽所以丟出的誘餌？

但是唐恩羽哪管得了那麼多，只要有一點可能，她一定會想救出梁佳盈一家，唐恩羽的這點脾氣與義氣，唐玄霖還是知道的，所以他也只能幫忙唐恩羽，否則老姐一個人，誰知道會做出什麼出格的事情？

喔，雖然現在被抓住的是他自己就是了……

「話說，老大，村民那邊該怎麼辦？」

村民？唐玄霖聽到了關鍵字。

「對啊，村民那邊對於衣櫃目前狀況不明感到很擔心，要我們最好搞清楚……」

「該搞清楚的是他們！」狐狸男斥責，「要不是我一直幫他們脫手，那衣櫃本來還待在村裡！」

衣櫃是從村子來的？所以這個狐狸男知道衣櫃的來歷？

他明知道衣櫃有問題，卻還是一直賣給民眾？

唐玄霖的拳頭不由得握緊，一股怒氣難以消散，他剛才看過狀況，狐狸男和老鼠體型偏纖細，尤其是老鼠，比自己還瘦，感覺一推就倒。比較麻煩的是那個胖鼠，他看起來比較魁武，就怕唐玄霖打不過他。

就在唐玄霖還在思考的時候，狐狸男忽然大喝一聲，讓唐玄霖差點嚇得睜開眼睛。

「這是怎麼回事？」

「怎麼會這樣？」

「老大，要去看看嗎？」

不知道發生了什麼事情，他們三個人似乎陷入了騷動，但是狀況不明，還是別貿然睜眼比較保險。

「那他怎麼辦？」胖鼠問。

「把他綁起來，先丟著不管，要是逃掉了就算了。」狐狸男冷哼一聲。

「這樣好嗎？」老鼠說。

「就算他查到我們和衣櫃有關，那又怎麼樣？他能做什麼事情？說不定落得被衣櫃吃掉的下場……不不不，現在優先處理的是衣櫃的事情。」狐狸男說完就急匆匆的邁開腳步，再來是開門的聲音。

「老大，等等啊！」老鼠一陣慌亂，就算不用張開眼睛，唐玄霖也知道他綁住自己的繩子並不精細。

終於聽見了門關起的聲音，以及紛沓的腳步聲逐漸遠去，唐玄霖才張開眼睛。

他先是坐了起來，雙手在背後稍微掙扎一下，繩索便輕易解開。

看來他們真的不在乎自己，哼哼，他們會後悔的，要是小看他們唐氏姐弟，可有苦頭吃了。

現在唐玄霖這裡擁有的線索，是最後拍賣衣櫃的拍賣師鍾聞被衣櫃吃掉，而雇用鍾聞販賣衣櫃的公司就是這，原先他只是想來看看，沒想到卻意外得知狐狸男知道衣櫃會吃人、也知道衣櫃的來源。

「看樣子，得先清查這裡了。」他看著這凌亂的辦公室，許多文件堆疊在一塊，有些佈滿灰塵，有些則看起來還挺新的。

他摸了一下口袋，手機被拿走了，算了，反正自己也要好好調查一下。

4.

「我們故事說到哪裡了？」戴著白色面具的人歪頭，右上角的直播間人數並不多，因爲得要有邀請連結的人才有辦法進來。

而進來的人，都經過審核的。

「啊，女人受傷了，男人爲了引開村民的追殺，所以跑到了別的地方，聲東擊西。」他笑了，雖然看不見表情，但卻聽出了笑意。

於是，故事繼續了。

女人在泥土地上仰天長嘯，她知道他們已經逃不了了，從一開始，她就知道自己脫離不了命運。

她是這座深山的巫女，神聖、潔白、純潔的，巫女。

深山中有許多小村落各自發展，但隨著時間堆疊，這些村落逐漸融合，漸漸變成了一個大村子。

村子靜謐優美，早晨霧氣會在群山徘迴，像是流動的河流一般。太陽會從東邊升起，陽光穿透了霧氣，讓一切宛如置身仙境。

這村莊雖不富裕，但自給自足，所有人都相當守本分的生活著，要說世外桃源的話，這裡便是了。

他們的信仰也發展出屬於自己的脈絡，畢竟靠天吃飯，乾旱、雨季、颱風等天氣，都會大大影響他們的村莊。

好在他們有世代傳承的巫女世家存在。

巫女世家在村裡是德高望重的，當代巫女每年都會從族裡挑選孩子，經由修行、訓練、啓發，會發現一、兩個孩子具有特別的靈力，而被選中的孩子會在巫女身旁修行，最後由巫女決定傳承給哪一位。

女人，就是幾年前剛繼承的巫女。

據退役的巫女所說，她的靈力是歷年來最高的。只要她祈雨、就會下雨；只要她求東風，便會吹起；只要她求豐收，那全村都能吃飽。

除此之外，女人還有另一項靈力，使得她獲得了高過於歷年來其他巫女的特殊待遇。

村裡的人敬重自己，她是開心的，也認爲自己活得很有意義。

但這一切都在男人來到後改變了。

男人是外來者，但誤入了村莊設置抓野獸的陷阱，這讓族人將男人帶回村子來療傷。

男人對於這深山還存在一個這麼龐大卻又與世隔絕的村莊感到不可思議，而當村民說要請巫女幫他治療時，更是對這村莊的迷信感到震驚。

「外面有醫院、有醫生，可以……」但是他話還沒說完，便被前來治療的巫女容貌給吸引了。

他從來沒見過這麼美的女人，超脫塵俗的非凡美貌，宛如不是眞人般的精緻臉龐，她穿著明顯比其他村民還要好的材質衣裳，烏黑的長髮往後束成馬尾，未施胭脂卻紅唇欲滴。

白皙如雪的手覆蓋在他受傷之處，那痛覺便逐漸和緩了。

「咦？」男人驚訝，他的傷口並沒有好，但痛覺卻有明顯的改善。

「快去請醫生吧。」女人說著，那聲音宛如黃鶯，無一處不吸引男人。

這是第一天，男人與女人結識，男人對女人一見鍾情。

「啊，對，你們猜對了，這是一個愛情故事。」白面具人在螢幕上說著，他的聲音彷彿有一種魔力，搭配上親眼所見般的敘述，令眾人聽得如癡如醉。

「就像是許多老套的城鄉差距愛情故事一樣，尤其是像女人這種從小就在村裡被當巫女繼承人的身分養大，連在村裡的娛樂都幾乎沒有，也沒有能訴說心事的朋友，一路走來都只有獨自一人的她，在初遇男人時，就對他產生了好奇，倒也不是男人多帥氣或多神祕，光是來自外面世界的這個身分就足夠了。」

白面具人對著螢幕微笑，即便看不見嘴，也可以知道他在笑。

「第一天，他們初遇，對彼此在心裡留下了強烈的印象。男人的狀況還好，在村裡的醫生治療與包紮之下並無大礙，於是他謝過村民，準備告別。但是當他離開醫生的屋子時，見到了女人正在樹下。

『她在做什麼呢？』男人心想，然後便上前。女人正摸著那棵大樹，額頭靠著樹幹並閉起眼睛，像是在聆聽什麼一般。

男人主動開口，女人嚇了一跳，靈動的雙眼對上男人。我不知道在座的各位有沒有一見鍾情的經驗，這應該不難吧？但是互見鍾情就比較少見了。

女人上午對男人留下了印象，下午在毫無防備的狀態下忽然又被男人闖入，這讓女人的心彷彿也被打開了。」

白面具人的話像是夢境的囈語般，將聆聽的人們再次帶入了那座村莊。

彷彿可以看見，穿著渾身潔白衣服的女人站在一棵大樹下，那如晨間精靈般的虛渺存在，正有些驚慌的看著眼前的男人。

「你已經好了嗎？」她問，將放在樹幹上的手收回。

「還是有點痛，但可以走了。我正要離開，見到妳便過來了。」他看了看女人，「早上謝謝妳，妳一碰我就不痛了，像是麻醉藥一樣，直到現在我都還不太痛。」

「那只是一時的，很快就會感覺到疼痛了。你現在不痛，不是我的力量，是因爲醫生的技術好。」

「是啊！你們的醫生眞的厲害，我們那裡都沒有醫術這麼好的神醫。」

「你們那裡……你是來自哪裡呢？」

「首都，妳去過嗎？」

女人搖頭，除了她的村，她哪裡都不知道。

「那裡很美，也非常熱鬧，改天有機會我帶妳去看看。」

女人聽著這句天方夜譚，不禁失笑，但卻忍不住不去想那可能性。

「妳剛才在做什麼呢？」男人模仿了女人的動作，伸手摸上樹幹，感覺到這棵樹生命力的旺盛，彷彿樹皮在呼吸般的起伏，這讓男人大驚，「這樹在動！」

「它很有靈性對吧？」女人很高興男人也能感受到這點，「它是我最好的朋友。」

「朋友？樹嗎？」

「嗯，只有它會聽我說話。」女人稍微左右張望了下，確認周遭的人都沒有注意這裡，她才輕聲說道，「這是個祕密。我的力量，都是來自於它。」

「力量？妳是說……」

「所有村民認爲該是我的力量，其實都是來自於它，我最好的朋友。」

或許是因爲男人來自外地，也或許是因爲男人今天就要離開，又或是男人太過吸引女人。

所以女人，將她埋藏的祕密都告訴男人。

村裡，哪來這麼多差不多年紀的女嬰？

所謂的巫女繼承人，全是從外面偷進來的女嬰，她們從小被訓練、教導，看誰有潛力被激發、看誰有靈力，便能繼承此位。

而那些無法繼承巫女職位的女孩，最後怎麼了？

變回普通的村民在此過著平凡的生活？

女人看著男人，雙手摸上了樹，那眼神悲悽又陰冷。

「這……」男人思索，腦中出現了許多封閉村落的私刑文獻，但又不想把這祥和且良善的地方當作那種村落。

「她們全掛上了這棵樹。」女人微笑，輕輕撫摸了樹幹，「我，不是有什麼神力，我只是剛好看得見她們、感知得到她們，也容易讓她們附身。」

女人的身體，是個相容性很好的媒介，她能讓幽靈附體，卻又不會讓幽靈造次，還能讓幽靈發揮一些靈力。

這就是，她的「神力」的祕密。

「這棵樹……」男人驚駭的抬頭，看著這棵茂密樹葉和交織的莖幹，忽然感覺一陣發冷。

「這是黃梨木，這一整片都是，花期在四到六月，我每年都會看見它盛開黃花，但是村民卻從沒見過。」女人說著神奇的事物，然後抬頭看了上方的綠葉，「現在，在我眼中，它也開著黃花，你看見了嗎？」

男人搖頭，雖然女人訴說的事物詭異，但是他卻覺得眼前的女人，美得令人屏息。

白面具人說到這，停頓了一下，然後伸出了食指，「這是第一天。」

聊天室的人追問後續，有人還問了跟今天拍賣的物品是否相關。

白面具人只是輕笑，「別急，他們的故事只有三天。有點耐性。」

所有的物品、人物，都因有了故事而立體、而有價值。

只要故事說得好，什麼東西都能價值連城。

5.

唐恩羽喝完了第二杯咖啡後，才看見白語從對面走過來。她等不及的起身朝她揮手，店內燈光明亮，在夜晚中顯得格外清晰。白語很快就看見她，朝她揮手後從一旁的大門進入。

「抱歉，唐小姐，讓妳久等了。警察問得比我想像還要久。」

「不會，妳肯過來我就很感激了。」唐恩羽招呼著，喚來服務生要點餐，「我請妳，盡量點。」

「這樣不好意思啦。」白語說著，點了杯紅茶。

「那我就不客氣的進入主題了……」唐恩羽清了一下喉嚨，「那個衣櫃……沒有發生什麼事情嗎？」

「衣櫃？沒有啊，一切都很好。」白語一臉狐疑，「剛才我也聽到其他人說的怪事了，好像每個人家的衣櫃都鬧鬼，還有一間甚至出現屍體。」

唐恩羽吸了一口氣，這麼奇怪，爲什麼白語沒有發生怪事？當然沒事最好，但是沒事就表示，她一定是做對了什麼，才能讓衣櫃安靜下來。

不對！衣櫃只是對白語安靜而已，對其他人倒是沒有客氣。

「唐小姐，妳就直說吧，我的衣櫃有什麼問題嗎？」

「妳的衣櫃有鬼，會吃人！而且能連通其他衣櫃，把人拖進去。擁有衣櫃的人若是開始發現衣櫃有所古怪，三天內必須賣掉衣櫃。一直以來衣櫃已經轉手無數，也吃人無數，連我的學姐一家人也是受害者，但是妳卻沒事……啊，我不是希望妳有事情，但妳做了什麼？才能讓衣櫃停下來？至少在妳這邊停下來。」

白語轉著眼珠子，似乎在思考，「我並沒有特別做些什麼，就是正常的使用衣櫃……妳的意思是說，因爲衣櫃沒有吃我，所以才連通了其他衣櫃，吃掉其他人嗎？」

「這只是我的猜測。」唐恩羽把梁佳盈一家人發生的事情告訴她，也說了剛才遇見狐狸男所提到的衣櫃由來之事，這讓白語皺緊眉頭。

「我眞的不知道……如果硬要說我有什麼不同的話，就是我能感知到其他世界的東西。」

「妳是說陰陽眼？」

「不是，我沒辦法清楚的看見，我只是可以感覺到。當我在網路看見那個衣櫃的時候，就感覺到它很哀傷，所以我買了下來，告訴它我會善待它，我只是做了這樣的事情。」

只有這樣？這樣衣櫃就不吃人？這麼好說話？

「那妳有感知到衣櫃有什麼東西嗎？」

「嗯，裡面有很多靈魂，男人女人都有，但是古老的靈魂、凶惡的靈魂幾乎都是女人，也有較爲年輕的魂魄，但他們大多不太會說話，而是躲起來或是不斷哭泣。我沒辦法幫助他們，所以只能好好使用這衣櫃，做最低限度的撫慰。」

「好好使用衣櫃就是撫慰靈魂？」

「嗯，因爲都變成了衣櫃。衣櫃不就是要裝衣服嗎？」白語歪頭，「至於妳說有奇怪的人跟妳提到的……那關於衣冠塚的事情，應該是眞的，因爲的確有一個小女孩的魂魄在裡面。」

唐恩羽內心一驚，「所以始作俑者眞的是她嗎？是木工與女兒的怨恨造就衣櫃吃人？」

「不是。小女孩雖然很凶，但是裡頭有更古老的靈魂……」白語喝了一口紅茶，看起來慢條斯理的，這讓唐恩羽覺得有些奇怪。

她，好像太過冷靜了。

「關於衣櫃，妳還知道些什麼嗎？」

「不知道。」白語一笑，但卻冷得毫無情緒，唐恩羽不信，但現階段也沒辦法證明什麼。

「那衣櫃可以……暫時放在我這嗎？」

「我想應該沒辦法，因爲衣櫃在我這乖乖的，要是讓妳帶走，妳能鎮得住它嗎？」

唐恩羽打了個冷顫，不行，她沒辦法鎮住衣櫃。

「但是衣櫃在妳這也不夠乖，它連通到了別人家的衣櫃，吐出屍體、還吃了人。」

「嗯，我覺得或許，可以從被吃掉的人去調查，或許，衣櫃吃掉的都不是良善的人？」

「我的學姐很善良！她的先生也是！還有孩子！兩個不超過六歲的小孩，是要多邪惡？」

「不一定啊，妳能確定靈魂眞的是良善的嗎？怎麼能因爲投胎過，靈魂的罪孽就洗刷掉呢？」

「要搞前世今生那一套嗎？所有的罪都應該在死亡後歸零，不該由新生的生命承擔才對。」唐恩羽隱忍著怒氣。

「沒辦法呀，有時候就是沒辦法在當代解決，所以人才要輪迴。不然，爲什麼要輪迴呢？要是罪孽在死亡就歸零的話，那靈魂也銷毀不就行了？創造新的靈魂就好，何必讓人得以輪迴？難道你們沒有想過，輪迴的存在，就是在償還過往的罪惡嗎？」

唐恩羽看著白語清明的雙眼，產生了一個疑問，「妳是誰？」

「我？我就是一個普通的女生，我只是因爲可以感知到靈魂，所以才有比一般人多點心得。」白語看了一下手錶，「我能保證衣櫃短時間內不會再吃人了，但衣櫃不會善罷甘休的。」

「不會善罷甘休？那衣櫃要的是什麼？被吃進去的人又是到哪裡去了？」

「靈魂一多，執念就多，但是最古老的靈魂總是有發語權。」白語輕聲，

「至於被吃的人到了哪裡去，我眞的不知道，還活著或是死了？這眞的不知道。」

「還是能問問看它要的是什麼？我會盡力滿足它，只要它把學姐一家人還給我。」

白語有些詫異，「妳對毫無關係的人怎麼能做到這種程度？」

「學姐是我最要好的前輩，不是毫無關係的人。」

「我的意思是說，沒有血緣關係，只不過是認識的好朋友罷了，有時候連孩子都會殺父母、手足都會互相殘害了，妳又怎麼能做到這樣？」

「如果你要說輪迴是爲了償還靈魂累積的罪孽，那或許我的靈魂本質就是這樣。」

白語望著唐恩羽清澈的雙眼許久，嘴角浮現了一抹微笑，「如果這樣的話，妳聽過一句話嗎？」

「嗯？」

「不入虎穴，焉得虎子。」

「這意思是……」

「如果我說能保證保妳平安，要妳進去衣櫃一探究竟，妳願意嗎？」

白語雙眼睜大，那該是漆黑的瞳仁卻帶點深墨綠，像是深幽潭水般望不進深處，看不清底細，蔓延著濃厚的神祕氣息，卻叫人忍不住靠近。

「保我平安？保證？」唐恩羽重複，「妳怎麼有辦法做到這一點？」

「我就是做得到。不然，妳也可以問問看『他』。」這句話讓唐恩羽一愣，在這對談中忽然出現的「他」十分突兀，但是唐恩羽卻聽懂了白語所指何人。

他，那個在體內的他。

『哼……乳臭未乾的小妮子！』體內的他如此喃喃後，就再也沒有回應。

這個意思，應該是沒問題吧？

「好，我去。」

白語嘴角揚起微笑，站了起身，請她跟著自己。

唐恩羽看著白語的背影，思考她到底是何許人也？

6.

唐玄霖用極快的速度將這裡翻過一遍，只有一個感想，就是拍賣的東西大多都是買低賣高，且眞貨不多，要眞的能買到好東西，必須獨具慧眼才行。

講白話就是，盤子很多。

不過，這倒也不是沒有收獲，因爲他找到了關於那村莊的資訊。

村莊位於山區，還上過幾次新聞，大多都是颱風來時被要求撤村，但全村老是要守在村中。所以這個村莊並不難找，更甚至聯絡人的電話在資料上都有。

「保護個資眞的是很重要的一點呢。」

唐玄霖邊說邊想拿手機拍照，才想起自己手機被拿走了，於是一不做二不休，決定直接帶走整疊資料。

從資料上可知，衣櫃的源頭就是來自這村莊，而製作出衣櫃的是多年前的一位木工，因爲女兒不幸逝世而做出的衣冠塚，只要將衣服放進去便是將命獻給女兒，代替女兒給鬼差抓走，並借屍還魂的女兒得以在人間走動。但被村民發現後，木工遭村民拷問致死，連帶木工的學徒們也難以倖免，最後村民放火燒掉木工的家，毀了木工女兒的屍身，使得她只能躲在衣櫃之中，等待復仇的一天。

至於衣櫃怎麼會從村子來到拍賣所，資料上都寫得清清楚楚，而這麼多年資料能保持如此完整，正是因爲代代子孫都會夢見當年祖先們拷問木工以及毀壞衣櫃等詳細過程，標準的禍延子孫。

唐玄霖猜測，看起來衣櫃裡的女鬼，也就是那個女兒是想拖全村民的命陪葬，但這麼多年過去，或許是嚐過了人血後變異，現在已經有點像是無差別殺人。

看起來衣櫃並不能摧毀，會死。連萬能的火也燒不毀，這下可麻煩了。

他翻閱著資料，裡頭記載著多年來衣櫃轉手的人名，似乎每個人能持有的時間都不長，且旁邊都寫著「失蹤」。

「我如果去廟裡面直接跟鬼差告狀說衣櫃裡面有女鬼的話，這樣會不會比較快？」唐玄霖自言自語，畢竟亡者就該到另一個世界，所以交給鬼差是最快的吧！

雖然好像有點好笑，但是唐玄霖決定等等就到城隍廟去做這件事情。

他確認過外面沒有其他人後，才帶著資料離開了現場。

就在他去城隍廟告狀完畢後，坐在廟門口繼續翻閱著後頭的資訊時，赫然發現一項驚人的巧合，這讓他握緊紙張的手有些顫抖。

他立刻向一旁正準備進去拜月老的女孩借用手機，告訴她要打一通重要電話，願意付電話費補貼。

女孩還以爲這是搭訕，唐玄霖是要打給自己的手機之類，抱持著期待的心在一旁，但當發現唐玄霖眞的還只是打給別人時，不由得洩氣。

「你好，這是一通很重要的電話，關於衣櫃的事情。」他在對方接起電話的瞬間便直說，「請不要掛電話，也不要跟拍賣師聯絡，請相信我……如果你們想知道衣櫃的事情的話。」

「……你是哪位？」電話那頭的人帶著遲疑又警戒的語氣。

「我姓唐。我認識的人也被衣櫃吞噬了，我……」

「你有辦法解決衣櫃？」

「沒辦法，但是……」

「那就沒什麼好說的了。」對方再次打斷他的話，準備要掛掉電話。

「但是我知道木工的來歷！」他喊，這讓對方原本要掛斷的手指停滯。

「木工？」

「製作衣櫃的木工。還有，我或許沒辦法摧毀衣櫃，但我可能可以讓女鬼離開。」後面這句當然是假的，畢竟跟城隍爺告狀這種事情唐玄霖也是第一次，成功率不知道有沒有比中樂透高。

「……你在哪裡？」對方中計了，唐玄霖立刻說出自己的所在地區，「……算你運氣好，我今天正好來這附近，但明天就得回去，所以只有現在有空。」

這也太幸運了吧，唐玄霖忍著想大叫的心，還是得佯裝鎮定，與對方約定了見面的地點。

「再讓我打一通電話……」

「我趕時間！」女孩因爲唐玄霖不是搭訕緣故而有些腦羞，搶回了手機就往月老廟裡走去。

「啊，我還沒給錢……」唐玄霖想追上，但總感覺對方在生氣……原本還想打一通電話給唐恩羽的說，看樣子等等再找機會了，他得先前往約定地點才行。

他沒等多久，對方就出現了，是個比想像中還要年輕的男人。

「你好，怎麼稱呼？」

「不需要。」男人臉色難看，瞪著他問，「你怎麼知道衣櫃的事情？」

唐玄霖認爲沒必要騙村裡的人，於是把一切都告訴對方，甚至直接把資料給對方看。

這使得眼前的男人臉一陣青一陣白，「我就知道相信那什麼舌的沒有好結果，居然全寫在上頭！」

舌？是指那個狐狸男嗎？

「所以你用什麼方法解決衣櫃裡的鬼東西？」

「我跟城隍爺告狀。」

男人聽了唐玄霖理直氣壯的說法，不由得長嘆，「我來這就是個錯誤，我要先……」

「不是，跟鬼差的老闆告狀這件事情一點都不蠢吧！」

「你以爲這種事情我們沒做過嗎？要是有效，我們現在就不會還擔心那衣櫃了！」男人氣得臉紅脖子粗。

「可是，你們是當事人，我是局外人，這樣的告狀程度應該不一樣吧。」唐玄霖繼續說著，「你們比較像是『罪有應得』的存在，但我這邊的告狀是路人、無辜的人，濫殺無辜怎樣都天理不容吧！」

或許是被唐玄霖的氣勢給說服了，男人嘆氣後又坐下，「算了，反正衣櫃裡的女鬼我早就不抱期待能解決。所以木工的事情又是怎樣？」

「我看資料上寫說，木工是外來者，有一天帶著女兒來到村裡定居。」

「所以？」

「沒人知道木工的來歷，他能做出那樣古怪的機關與術法，甚至讓衣櫃的詛咒在重新被挖掘時啓動，這一切難道眞的就只因爲是『魯班的傳人』嗎？」

「應該是對女兒的思念和對祖先們的怨念，不都說強大的恨意可以化爲詛咒嗎？」

「或許是，但更有可能是因爲他的姓氏！」唐玄霖第一眼看到簡直不敢相信，世界上還有這麼巧的事情，「爨。」

「姓氏是很特別，那又怎麼了？」

爨，這是幾個月前，他和唐恩羽遇到的人骨音樂盒的事件，首先是他那個自己選姓氏的老爸從關係遠得要命的家族偷走了音樂盒外盒，使得他們姐弟聽見聲音，追查下去找到了隱居深山的龐大家族，他們早年使用激進的方式喚出惡魔，並用人祭方式製作了人骨音樂盒，用以確保「爨家族」得以興盛，但是出了差錯，變成他們只能躲起來。

簡單來說，這個家族懂得召喚惡魔，也懂得製作怪奇物品來達到自己的私欲。

這位木工想必是很久以前不知什麼原因而離開爨家族隱居的山，來到外頭落地生根，或許他女兒的死也和音樂盒有關，但這就不得而知。只是木工的選擇並不是回到爨家，而是決意逆天而行，用邪術讓女兒復活。

他將這些事情都告訴了男人，對方罵了聲髒話，只能說祖先惹到不該惹的人，但動用私刑的祖先們也不是什麼好東西，這種久遠的事情在時空背景與大環境的不同下，就無需探究對錯，只是後代就比較衰，需要承擔。

「但知道了木工的來歷，對我們有什麼幫助？他們都已經是百年前的人了，就算現在……」

「人骨音樂盒，內容物重要，容器也很重要。」唐玄霖說著，「衣櫃與木工以及釁，難道你們都沒有想過衣櫃的原物料嗎？」

「不就是樹木，我們知道是黃梨木，非常高貴。」

「對，爲什麼要選黃梨木？」

「因爲想讓他女兒擁有高貴的棺材吧。」男人冷笑。

「不對，絕對不是這個原因。應該要說，他爲什麼要選擇那棵樹當製作衣櫃的原料？」

「……你的意思是，問題出在樹木上？」

「這只是我的推理，單單術法與執念，不會造就這樣殃及無辜的結果，甚至擴大到所有衣櫃都能連通，一個小女孩的鬼魂有辦法做到這種程度？你們沒有想過嗎？」

「……」

「爲什麼木工要選擇那棵樹？」

「……根據我們村莊裡的文獻紀錄，在久遠以前，大概也就是跟木工差不多時期，距離不遠的地方，有一片已經成爲廢墟的古老村落，那裡種植了許多黃梨木，當然現在已經全部被盜伐了，但是在那時候可是有一整片。」

「成爲廢墟？爲什麼？」

「那是太久遠以前的事情，況且也不是我們村莊，所以我也不知道。」

「你方便回去查查看你們的文獻有沒有記載之類的嗎？」

「爲什麼？那很重要嗎？」

「木工製作衣櫃的來源是那片黃梨木，而擁有那片黃梨木的村莊變成廢墟，你覺得不重要嗎？」

「……我會回去看看，要怎麼聯絡你？」

「這是我的手機號碼，記得，你千萬不能跟狐狸男提起關於我的事情。」

「狐狸男？啊，你是說他……哈哈，可眞傳神。」男人答應了，之後和唐玄霖告別，離開村子三天就會橫死這件事情依舊持續中，他可不能冒險。

接下來，唐玄霖決定賭一把。

他要回到狐狸男的辦公室，假裝自己從來沒有出來過。

畢竟，他還得拿回手機啊。

7.

螢幕上的白面具人停頓，聊天室的人催促著，接下來呢？

第一天結束了？

「大家開始對故事感興趣了對吧？」白面具的人咧嘴微笑，這時候才注意到，他的面具變成了半面，鼻子以下露出，而輪廓線條柔和，看起來若不是女性，就是陰柔的男人。

「因爲男人和女人經由了那一場在樹下的談天，使得男人對女人有了更強烈的興趣，所以他決定多留一天。第二天一早，他們兩個人又相約在樹下談天，女人素雅的側臉在清晨的霧氣之中更顯得仙氣逼人，讓男人覺得自己彷彿置身於世外桃源一般。」

「她們很喜歡你。」女人說，這讓男人瞬間回神。

「誰？村民嗎？」

「不是，是她們。」女人微笑，比了樹枝上，這瞬間男人明白了她的意思。

雖然聽起來該是怪恐怖的話語，可是男人不禁感到憐憫，因爲那些來不及長大沒被選爲巫女的女孩們，小小的年紀就客死在這，對於世界都還不夠認識，甚至來不及摸索自己是怎樣的人，就永遠與世長辭，更令人難過的是，她們甚至被困在這棵樹上，不得離去。

「所以她們都會把被選爲巫女的人當作是自己的分身，會希望我替她們多體會人生。當然過去的巫女靈力不足以與她們溝通，但是巫女之間是一體的，我們眞正的敵人並不是被選上的巫女，而是……」女人幽幽的看著這美麗又靜謐的村莊。

這建立在巫女們的血液上的唯美幻象，那虛假的良善，用她們的命換來的豐收。

滿足、敬重、奉獻？

這些當然都是假的，因爲巫女本來就都是外來者，她們若不表現得順從，再多的靈力也比不上物理的暴力。

「爲什麼要告訴我這些？」男人疼惜著，這該是多祕密又多隱晦的事情，但是女人卻告訴了他這個認識不過一天多的男人。

「因爲她們喜歡你，她們覺得你是好人。」女人輕輕說著，「還有，她們喜歡你說的外面的世界。」

男人看著女人淒涼的臉龐，心一橫，握上了她的手，「走吧！不要爲了她們，爲了妳自己，我們一起出去吧！」

女人一愣，她從未想過離開這村莊，「但是……」

男人望了四周，雖然有村民已經起床耕田餵豬，但趁著迷霧，還是可以遮去他們的身影。

「要走的話就趁現在。」男人輕聲，而女人強烈動搖著，她的雙眼四處張望。

「可是……」

「妳也想看看外面的世界吧?妳本來就該屬於外面的世界，不!是妳們本來就是外面世界的人，而不是像被鎖在櫃子之中，困在這深山村落。」男人的話就像是甜美又強烈的蠱惑，但卻宛如強心針。

女人抬頭，看著樹枝上的搖擺身影，那歷年來一具具被囚禁在樹上的靈魂，她們哭泣、吶喊，在眾多無聲的夜中，尖叫嘶吼著對這村落的不滿，然而卻被村民使用奇門術法困在了這樹上，無法復仇、也無法離去，就算死亡了，鬼差也找不到她們。

「好，我跟你走。」女人握上了男人的手。

她還活著，至少她也要掙扎著逃離，才不會辜負樹枝上那些搖晃著、永不得離開這片黃梨花木林的姐妹。

話說到此，白面具的人停了下來，接著雙手遮住嘴，故作驚訝的說：「到這，大家連接起來了嗎？那一棵棵吊人樹竟是黃花梨木林，注意到了嗎？是『林』喔，不是只有一棵樹，那裡種植著滿滿的黃花梨木啊，價值連城、萬人簇擁的黃花梨木，這麼珍貴，那村落卻不長眼，讓它成為了吊人樹，世世代代將女孩的身軀吊上了那。啊，別急別急，聊天室似乎暴動了啊！讓我一個個回答，首先，這已經是百年前的故事了，以現在這種沒有祕密的時代，你們覺得黃花梨木還有辦法存活在山林之中嗎？早就被盜伐光啦！哈哈哈，我不用看，都知道大家的失望，別忘了，我講的是故事啊！

「再來，也有人很聰明啊，我來瞧瞧，啊……是啊，是啊，妳說得沒錯，不然你們以為我為什麼要講這個故事呢？」

白面具人微笑，這時候聚光燈從他身後的打了下來，燈光聚焦在一桃色帶紅的左右對開衣櫃上，上頭有著精緻的雕刻，看起來又被整理過一番，隔著螢幕都可以感受到衣櫃的神祕與美。

「黃花梨木、一公尺乘上兩公尺、降香，很熟悉是吧？鍾聞之前也拍賣過對吧？但是後來呢？這衣櫃不斷被賣出卻又被退回，加上鍾聞最後也消失了，拍賣師之鼻居然消失了，還有那個誰，拍賣師之眼藍睛也不見了對吧？網路有人打聽到藍睛最後一筆生意也是這個衣櫃。話說回來，拍賣師之耳前一陣子也住進了精神病院，哎呀，拍賣五絕是不是受了什麼詛咒啊？怎麼相繼一個個出事呢？喔，有人留言提到還有手與舌，舌嘛……你們過幾天應該就會看見新聞，至於手……」白面具人停了一下，「聊天室有人提醒別扯遠了，要我回到衣櫃上，眞是抱歉啊，那我們回到主題。」

「衣櫃的木頭，就是那吊人樹的黃花梨木所製成的，這想必大家都已經與故事連結起來了。所以說，這衣櫃本身就不是什麼好東西，但是……」白面具人咧嘴微笑，唇紅齒白，看起來雖美，卻也令人戰慄，「良善的東西，有它的價格；

而邪物，更有它的價値！那麼，準備要出價了嗎？」

「等等！」

聊天室有人發話，打斷了正在出價的訊息。

白面具人微笑著看著對方正輸入的文字。

「你爲什麼不把最後一天的故事講完？」

「我說完啦，一開始不就說了？女人受傷了，男人爲了吸引村民注意往另一邊逃了，兩人相約在東邊第一個村子，然後……」

「他們被抓回去了嗎？」

白面具人微笑依舊沒有改變，「……是的，女人在最後不也說了，她知道她們逃不了。」

「你故事不能如此模稜兩可，請把故事完整說完，還有，擁有衣櫃的人又會發生什麼事情。」

白面具人在臉上綻放笑容，他的面具出現了些微裂痕，「哎呀，好吧好吧，我們童叟無欺，也得告訴你們風險才行啊。」

第二天，他們從相知變成相惜，要說是愛也是愛，要說是解脫也是，總是渴望自由啊，雖然時間很短，但是人生總是充滿著驚濤駭浪。於是第二天，他們兩人趁著清晨時逃離了村莊，女人帶著的東西不過就只是她強褓被拐來時兜裡的護身符和長命鎖，她渴望有機會找到自己的家人。他們在清晨離去，只有女人聽見從那片黃花梨木傳來的悲悽哀鳴，她們祝福女孩，帶著她們渴望卻再也得不到的自由離去，希望女孩有新的人生。

但是村民哪可能放過如此有天賦的巫女呀！先別說巫女繼承人還沒找出來，更是斷不可讓巫女離開，這樣村民的臉往哪放？

於是他們開始馬不停蹄的追趕，黃花梨木上的女孩靈體們尖叫哭泣，想提醒女人他們快跑、跑遠一點，但是一個受傷的男人、一個從未離開過村莊的女人，他們輸了，被抓了回來。

就在第二天跨越第三天的時候，兩個人同時被帶回村裡。

女人因爲受傷，所以被抬著回來。村民有些驚訝，因爲女人明明有靈力可以降低疼痛感，怎麼沒有使用在自己身上呢？

村民不知道的是，歷代巫女的靈力都來自黃梨木上的怨魂們，簡單來說，有些人是麻瓜，有些人體質敏感，但有些人可以看到聽到，有些人甚至可以與鬼魂溝通。也就是說，當接觸陰界的能力越強，巫女的靈力也就越強。

所以，巫女的能力並不是來自於神靈，而是鬼魂。

於是，當女人遠離了村莊，少了黃梨木那些怨魂的幫助，她便不會有靈力。

不過回到了村裡，就不一樣了。

她可以聽見從樹林那傳來的鬼哭神嚎，但是她卻看見了一根木樁被插在眾多樹枝之上。而男人，就被綁在那。

「這是殺雞儆猴。」村長大喊，「妳吃我們村、住我們村，就該一輩子爲我們服務，別想離開！」

「不——」女人大叫，那木樁上的男人早已被打得面目全非。

村長手一揮，旁邊舉著火把的村民紛紛丟入樹枝之中，大火很快點燃，焚燒了男人。

「啊啊啊啊！」男人痛得尖叫，那聲音與樹上哭泣的鬼魂共鳴，悲痛又憤恨的聲音響徹雲霄，但只有女人聽得見。

「不要！不要！」女人往前，卻被村民們抓住，讓她眼睜睜看著背叛村莊的下場。

男人在女人面前慘死，他的焦屍更是被放在廣場曝曬。

女人被村民丟回了屋內，彷彿失去生存欲望的女人並不被提防，他們知道女人不會逃了。

但是，女人在眾人不注意的時候，來到了黃梨木下，套上了三尺白綾。

巫女的屍體，在吊人樹上搖晃著，那悲悽的哭聲融入風中，這下，村民們都聽見了。

「這，是第三天。」白面具人微笑，他的面具裂開，露出了美麗的眼睛。

她，原來是個女人。

8.

唐恩羽跟著白語回到了住所，她看著衣櫃，沒想到會再次與這衣櫃面對面，更甚至要進入裡頭。

「妳爲什麼能夠保證我沒事？」

「那妳又爲什麼能夠相信我呢？」白語笑著。

那是因爲該死的體內惡魔認爲沒有危險，是啊，她恨惡魔，但是與惡魔現在是共存的情況下，惡魔是不會讓自己陷入危險的……至少不會是生命危險，受個傷什麼的，想必惡魔是不會在意。

「好，爲了學姐，我得這麼做。」不然她一輩子都不會心安的！

「來吧，我幫妳綁上這個。」白語拿著一條白布，綁上了唐恩羽的手腕，「需要的時候，抓住這條，它就會帶妳回來。」

唐恩羽看著這條白色的布料，摸起來滑順細緻，感覺是高級布料，像是絲綢般。

「好了，去吧。」白語推了唐恩羽的背。

「我自己會走啦！」唐恩羽看著眼前的衣櫃，她嚥了口水後，伸手打開了兩側衣櫃，裡頭空無一物，白語根本沒有掛衣服在裡頭。

她正要回頭問白語，但眼前原本有分隔板的內部模樣，瞬間變成漆黑一片，似乎還有風的聲音，以及樹葉被吹動的聲響。

「這……」

「進去吧。」白語推了唐恩羽，這一次她腳沒踩穩，瞬間往衣櫃裡跌去，接著就像是黑洞一樣被吸入，不斷往下墜落，她忍不住發出尖叫聲，但就在那瞬間，她落在了一片草地，就像是她原本就躺在這一樣。

她睜開眼睛，看見上頭是茂密的樹葉，一陣香氣傳來，她立刻坐起，發現自己站在一片樹林之中。

「這大概就是黃梨木吧……」她低語著，聽見了一旁傳來聲響，原先想躲起來的她，卻看見了意料之外的人。

「學姐！」她大叫，梁佳盈一家人正提著水桶，她喜極而泣，他們都沒事，就連小兔和弟弟都好端端的！

「學姐！太好了，你們都沒事！」她來到他們面前，可是梁佳盈和杜子成好像看不見她一樣，夫妻倆提著水桶，梁佳盈揹著兩歲的米奇，而小兔則在一旁唱歌。

「我們什麼時候可以離開啊？」梁佳盈低聲說，「我前幾天還找到機會跟恩羽求救……」

「噓，別那麼多話。」杜子成小心的回應，看著四周，「我們乖乖聽話，總有一天可以回去的。」

「嗚……那是哪一天啊？小兔會不會都長大了？」梁佳盈看著一旁的小兔，然後哭了起來。

「嗨，歡迎來到我的村莊。」忽然一個聲音從後頭傳來，唐恩羽嚇得差點罵出髒話。

只見一個素雅的女人穿著渾身潔白，掛著微笑看著她。

「這是哪裡？衣櫃裡的世界？」唐恩羽警戒的問，她至少知道，眼前的女人絕對不是人類。

「嗯，應該要說是我們的世界比較合理。」女人笑了下，「我叫小倩，算是衣櫃的主人。」

唐恩羽不會傻到報上姓名，她只是皺眉，「她是我的學姐，妳可以讓他們一家人回到現實世界嗎？」

「喔，可以，他們是不小心進來的。我們這邊很多孩子，她們見到孩子就想一起玩，所以就把小兔帶進來了。可是小兔和弟弟進來以後，開始吵著要爸爸媽媽，孩子還玩不夠啊，所以只能把他們都帶來了。」小倩說得輕描淡寫，還一臉沒辦法的搖頭。

「……什麼時候？」

「哎呀，先別聊這些啊，走！讓我爲妳介紹一下這村子吧！」小倩勾起了唐恩羽的手，意外的，她的體溫微熱，並不是冰冷的。

唐恩羽回頭看了眼梁佳盈一家人，學姐，再等我一下，我一定會救你們出去的！

小倩拉著唐恩羽走在田園小徑，不得不說這裡十分優美，隨便一幕都是明信片。她看著許多人彎腰拾穗，也瞧見許多女童在一旁玩耍，似乎還能聽到遠方傳來流水聲音。

這裡，宛如就是世外桃源。

「妳抓了這麼多人進來，就是爲了……讓他們在這生活？」唐恩羽不敢相信。

「不是我，是我們。」小倩歪頭，指著前方女童們，「她們都是來不及長大的孩子，每個人都被村民從外地偷了回來，最後又被村民害死在這，我啊……雖然有幸長大，但是也逃不開，然後又被困在了這裡……不過好在被他們的叛逃族人製成了衣櫃，讓我們終於可以尋找那些害死我們又膽敢投胎的人，生生世世報仇……」

唐恩羽有聽沒有懂，她看著小倩問：「意思是……你們抓的人，都是那些曾經害死你們的人？」

小倩點頭，這讓唐恩羽理解不能，「他們都投胎了，怎麼會記得當初對妳們造成的傷害？輪迴了就該歸零，妳們也該放下一切去投胎，這樣不是更好嗎？」

「我們沒辦法離開衣櫃，以前被困在樹上，後來那姓爨的木工又把我們製成了衣櫃，只爲了讓他女兒還魂，借助我們的力量卻又封印我們，這些姓爨的沒一個好東西……」

唐恩羽以爲自己聽錯了，但是講了兩次，而這特別的姓氏她想天底下應該不會出現兩家族。

「妳說的爨，是那個難寫得要命的爨嗎？高興的興沒有底下兩瞥，然後林下大火？」

「嗯。」

唐恩羽瞠目結舌，有這麼巧的事情？她還以為人骨音樂盒已經和難寫家族的人結束孽緣了，怎麼……

「妳以為妳能進來，是巧合嗎？」小倩微笑，這讓唐恩羽立刻往後跳了一步，「啊，妳別這麼害怕，我沒有要害妳，相反的，我是感謝妳。」

「我？」

「因為妳讓爨家族死透了，讓他們滅絕了。」小倩勾起陰冷的笑容。

「難道這裡……」

「對，這裡也是爨姓人家分割出來的旁支所建立的村落，他們和妳滅掉的那個家族在很久很久以前分為兩派，最後少數人遷到了別處，重闢疆土成就了村莊。然而爨家的劣根性依舊未滅，他們讓巫女庇佑，抵擋音樂盒裡的怪物追查到他們……不惜犧牲了無數女童，以血剋血，只為了他們能存活。」小倩憤恨的說。

「後來因爲其他原因，成爲巫女的我在樹上上吊後，殺掉了爨家每一個人，卻沒料到他們生性狡猾，連死後的路都鋪好，我們來不及撕碎他們的靈魂，他們就溜去了陰間，還厚顏無恥的繼續投胎……的確，自殺後的我結合其他女童的力量，是有能力殺了他們，可同時也被困在了這棵樹上，這也是他們狡猾的術法，生前困住我們、死後也困住我們……」

「等等，我以爲這裡是木工的女兒所掌控的……不是木工製作了衣冠塚嗎？」

「的確是，但是時間順序要搞清楚啊，衣櫃是用什麼做的？」小倩冷笑了一聲，「用我們這些吊人樹製作的。那個木工是逃離村莊的爨家人，他知道若要製作出符合他心目中理想的衣櫃，就必須用厲氣、怨氣都很重的東西製成，有哪種樹木可以符合他的期待？不就是他老家吊死上百名女童的黃花梨木嗎？」

「所以木工他回到村裡，砍走樹木，就在……妳殺掉全村之後？」

「對，那個木工在我很小的時候就逃走了，我對姓爨的全都恨之入骨，原本我也想殺了他的，但是我發現他要做的事情後……那或許是我們能離開這裡的唯一方法……」

也就是說，木工只想到用陰厲的木頭製作衣櫃，好讓他的女兒借力使力還魂，沒料到回到村後發現滅村了，他雖有些害怕，但爲了女兒還是砍下了木頭，製作了衣櫃。

「木工一樣用奇門術法將我們鎖在了衣櫃之中，直到一連串事情發酵，我們再次被其他人挖掘出來時，破壞了他的陣法，使得我們終於能夠繼續追殺爨家人……」小倩笑了，那些已經投胎的爨家人、那些妄想破壞衣櫃的人，她們都不會放過。

「所以妳們將投胎後的爨家人帶回這裡……這個村莊，是打算要……」

「我們要他們一個個經歷過我們所經歷的事情，要他們經過嚴格的巫女訓練、吃蟲、殺生、溺斃、火烤等……那些恐怖的事情，以爲撐過就沒事的天眞後，卻還是被掛上了吊人樹上！」

「那妳呢？」唐恩羽看著她，「妳也是想那樣嗎？」

小倩停頓了下，「我當然希望爨家人生生世世不得超生，但那不是我的目的，我是在找人。」

「找人？」

「對，我花了好長的時間，我一定會找到他的。」小倩不打算再說，只看著小兔一家人。

「他們，是女孩們無聊，想找她玩，才把她呼喚進來的，他們一家人是個錯誤，我們會讓他們回去，他們將不會記得這些事情。」

「現在嗎？」

「事情結束以後。」小倩笑著，這時候旁邊傳來了尖叫與哀號的聲音，似乎在求救、拜託。

唐恩羽雞皮疙瘩竄起，而小倩只是冷笑，「當他們受夠苦了，在今生生命終結前，我們會讓他們回到原本的世界，這樣子鬼差才找得到他們，才能再次讓他們投胎、讓我們找尋……」

唐恩羽不想管別人的前世今生債，她只想救回學姐一家人。不過她又想到另一件事情。

「那木工的女兒呢？她不是也在這？」

「她？她已經出去了。」小倩歪頭，「她賭了一把，出去復仇。看是來得及爲她父親報仇，還是先被鬼差帶走，這就不知道了。」

木工女兒出去了？所以現在這個衣櫃與她已經無關，而是原始最古老的靈魂在作祟？

忽然唐恩羽瞥見在後頭的樹林下，有個長相恐怖的男子，他全身焦黑，像是渾身被大火紋身過般，眼皮、嘴唇都消失了，就站在那彷彿在等待什麼。

注意到唐恩羽的視線，小倩瞥了一眼後說：「他是當初下令放火的村長，每一世我都會找出他，讓他體會火焚的痛，囚禁他的靈魂一陣子後，會再放走他，讓他去投胎。」

「妳們會這樣子到什麼時候？我是說，這樣子維持三天賣掉、維持找尋孌家轉世靈魂後拖進衣櫃裡讓他體驗妳們的傷痛……到什麼時候？」

「到我找到這一切開端的人的時候。」小倩說完，手一揮，唐恩羽只感受到背後一陣拉力，接著她就像是被人從後面用力拉走一樣，眼前的一切不斷縮小。

「等等！等等啊！還我學姐、還我小兔他們啊！」唐恩羽大叫，但是當他再次睜開眼睛，人已經回到了白語的房間。

然而詭異的是，白語的房內已人去樓空，唐恩羽從地上爬起來，馬上衝出房門，卻不見白語蹤跡，她立刻跑到樓下找管理員小廖，但對方也沒見到白語。

「今天遇到的怪事夠多了，我還是離職算了。」小廖碎唸，而唐恩羽準備拿出手機，再次撥打唐玄霖的手機時，發現自己的口袋放了一張名片。

而上面有一組網址與時間，要她準時進入線上拍賣會。

「這是什麼？」

然後還有一個衛星座標，她打開手機地圖輸入以後，是距離這裡不遠的一個巷子裡。

那裡會有什麼？

9.

唐玄霖回到辦公室等了好一陣子，才終於聽見走廊傳來動靜，他握緊了手中的椅子，打算先制伏一個人，再搶回手機。

腳步聲越來越近，接著是轉動門把，就在人一踏入辦公室的瞬間，他舉起椅子，用力朝對方的後腦杓砸去。

「幹！」對方吃痛的發出聲音，但是並沒有倒下，運氣不好，第一個踏入屋內的是胖鼠，人高馬大的，那一點撞擊不會傷害到他。

「你這混蛋醒了！」老鼠跟著後面進來，怪叫一番後也拿起一旁的椅子要與唐玄霖對抗。

「好了好了，都停止！」狐狸男在氣氛劍拔弩張時走了進來，制止了可能會發生的一場打鬥。

說實話，唐玄霖鬆了一口氣，他可沒辦法跟他們三個對打，肯定掛彩。

「小伙子，你跟你姐找衣櫃做什麼？」狐狸男坐到椅子上，他看起來不是很高興，甚至有些煩躁。

唐玄霖見目前狀況對自己不利，便也坐上沙發，「我們朋友被吃進去了，原本已經放棄，但是前幾天我姐在晚上聽見家裡的衣櫃傳來她朋友的求救聲音，所以我們決定重新找尋衣櫃，我姐負責找下落，我負責找賣家。」

「很好啊，據實以告。」狐狸男沒想到唐玄霖並未說謊，「那你現在知道到什麼程度了？」

「爨，還有木工的女兒、衣冠塚，並且讓你轉賣衣櫃。」唐玄霖故作輕鬆，並且展現無畏懼的模樣，「我知道轉賣衣櫃的價格足以讓你願意冒風險，但爲什麼你願意不斷轉賣？我見你也不像其他人會被迷惑，你是眞的憑著自己的意識在轉賣衣櫃。」

狐狸男挑眉，接著伸出了長長的舌頭舔舐了一下嘴唇，「因爲……很好吃啊。」

「很好吃？」唐玄霖是聽錯了嗎？

「那衣櫃染上的黑氣、鮮血、恐懼等味道……很好啊，我既能嚐到那麼美味的佳餚，又能賺到錢，何樂而不爲呢？」

「你……！」

「雖然你對我沒什麼害處，但有人知道衣櫃的事情，總讓人覺得不夠放心。」狐狸男思索了一下，「這樣吧，我將衣櫃搬去你那，讓衣櫃解決你不就行了！反正你們不是在尋找衣櫃嗎，這下正好。」狐狸男說完大笑起來。

「老大，但是衣櫃現在下落不明啊……」老鼠在一旁提醒，這讓狐狸男瞬間變臉。

「閉嘴！你不說他會知道嗎？」

「喔喔喔，抱歉抱歉。」老鼠趕緊道歉。

「衣櫃不見了？」唐玄霖驚呼，不可能是唐恩羽搬走的吧！

「小鬼，你知道你姐幹了什麼好事嗎？」狐狸男眼看無法靠話術騙過唐玄霖，便決定直接問，「你姐和衣櫃持有者回去後，衣櫃就消失了，你們是想把衣櫃帶去哪？我警告你們，別試圖摧毀衣櫃，我不是開玩笑的，會死……不過若你們死了，那味道不就更香了嗎？呵呵呵呵……」

狐狸男說著這些話的時候，臉已經不像是人類了，就連一旁兩位老鼠手下看起來也越看越像老鼠。

唐玄霖猜想，他們大概是遊走在邊緣路太久了，使得身爲人類的界線都變得模糊，他們或許還是人類，但也不像人類了。

此地，不宜久留！

「我想，我也得離開這裡才能知道衣櫃的下落。如同你所說，我們對衣櫃根本不能造成任何傷害，所以讓我走，對你們也沒有任何壞處，不是嗎？相反的，要是我們被衣櫃殺死了，你們還能得到更好的味道。」

狐狸男思索，覺得他說得也沒錯，於是看了一眼胖鼠，讓他把手機還給他。

唐玄霖接過手機，狐狸男警告他，「要是知道了衣櫃的下落，就馬上打給我……」

話到此處，狐狸男的電話響起，他看了一下來電者後皺眉，「村裡又打來要問衣櫃的事情了，眞煩。」

唐玄霖原本要離開辦公室的腳步停了下來，照理說，要是那個村民回去找到了資料，應該會打給他，怎麼會先打給狐狸男呢？

難道那個人決定背叛自己嗎？他要告訴狐狸男自己與他接觸過？如果是這樣的話，他是不是現在先跑比較好？

但是他實在太好奇到底是要講些什麼了，所以唐玄霖放慢了腳步，打算聽聽內容……

「你這該死的——那東西跑出來了——」一接起電話，傳來的是悽厲的尖叫與吶喊，背景的聲音十分吵雜，聽起來非常混亂。

「等一下，發生什麼事情？」狐狸男變得嚴肅，兩隻老鼠也不知所措。

「衣櫃裡的東西——跑回來了！她殺了好多人！你不是保證衣櫃不會反噬、保證永遠都有替代的人——哇！哇哇！救命——嘟嘟嘟嘟……」

電話到此切斷，那悽厲又恐懼的叫聲讓現場的人都一陣靜默。

「木工的女兒出來了？看來她不怕鬼差啊……」狐狸男碎語，「這樣一來，那衣櫃不就變成普通的衣櫃了嗎？」

說到這裡，狐狸男抬頭看了唐玄霖，但對方已經跑走了。

唐玄霖用最快的速度離開了辦公室，如果木工的女兒已經出了衣櫃，這樣子衣櫃不就沒有鬼了？所以再也不會發生吃人的事情了吧？這件事情算是解決了嗎？

於是他趕緊打了電話給唐恩羽，對方並沒有接起，他又打了幾通，還是未果。所以他改傳訊息，要唐恩羽看見快點回電。

他隨手招了計程車，準備先到唐恩羽查到的大樓位置，看看她還在不在那，並開始滑著新聞，卻意外發現有人在網路爆料，提到家附近的一棟公寓有許多警察出入，還聽見有人在講衣櫃有鬼。

「看來就是這裡沒錯了。」

雖然不知道現階段衣櫃還有沒有問題，不過還是先過去吧。

車子開在平坦的路上，因為已過午夜，車流量並不大，就在唐玄霖準備閉眼稍作歇息時，司機卻忽然緊急煞車，安全帶用力束緊，讓唐玄霖的肩膀有些疼痛。

「發生什麼事情了？」唐玄霖看著前方路況，只見一台車子擋在他們面前。

「哇勒！怎麼這樣開車啦！這台車忽然衝過來擋住，欸欸，先生，沒有這樣開車的！」司機按了喇叭，但前方的車子的前門卻打開，是胖鼠和老鼠。

唐玄霖覺得有些不妙，「司機先生，請快開車！」

「怎麼回事，你認識的嗎？么壽喔，是要幹什麼啦！」司機一邊喊一邊打擋倒車，轉動方向盤後繞過他們，但是胖鼠像不要命的居然跳上了後車箱上，計程車往下一沉，司機還叫了一聲。

「他不要命了啊！」

「不要煞車！繼續開！他死不了的！」唐玄霖大叫，他渾身冷汗的看著與他只有玻璃之隔的胖鼠，他的臉無疑不再是人類該有的模樣，那尖鼻尖牙還有杏眼，簡直就是隻老鼠。

他們到底本來就是妖怪？還是因爲接觸太多陰邪之事才變得這個樣子？這下子連唐玄霖都不知道了，但他只知道，千萬別被他們抓到。

司機在某個路口大轉彎，成功把後行李箱的胖鼠給甩掉，他翻了三圈後穩穩地抓住地面，接著狂速奔來。

「幹！那是什麼東西？」司機大叫，但也因爲分神看了後照鏡，一個沒注意卻撞上了安全島。

頭一陣暈眩，就連嘴裡好像也有一點血味，唐玄霖咬破了舌頭，他一邊甩頭想看清楚現況，只見司機似乎暈倒了，安全氣囊暴出，引擎蓋還冒出白煙。

「糟糕！」

他立刻打了救護車電話，但是還來不及等待接起，窗戶外啪的一聲，胖鼠的臉已經貼在上頭。

「哇！」唐玄霖大叫，趕緊解開安全帶從另一邊下車，臨走前還聽到司機的手機傳來『您似乎發生了車禍』的聲音，唐玄霖鬆一口氣，至少先進的科技還會幫司機先生叫救護車。

不過現下，他得先要逃跑才行。

他原本以爲胖鼠的速度不快，結果他才剛下車，胖鼠便從後方跳上壓制住他的身體，但正好地面有個落差，讓他得以逃脫，一路往前方大馬路跑去。

不過就在他轉彎的時候，腳卻被另一雙手抓住，他大驚，老鼠不知何時已經來到他身邊。

「救命啊！」他大叫，至少要吸引周遭人的注意。

「沒有用的。」狐狸男出現在眼前，他的臉此刻也不再只是像狐狸，而是眞的成爲了狐狸。

「這裡沒有其他人可以救你。」狐狸男的聲音聽起來好像迴盪在一個寬廣的空間一般，有著多重回音，這讓唐玄霖發現，就算是接近午夜的大街上，也不可能一輛車、一個人都沒有。

難道他又被吸入異空間之中了嗎？有沒有這麼誇張啦！

「你們想對我怎麼樣？不是說好了我回家找我姐問衣櫃的下落，再跟你們說嗎？」唐玄霖試圖精神喊話，但是一狐兩鼠根本沒打算理會。

「要是木工的女兒出來了，那衣櫃就不再吃人了，變回普通衣櫃的東西對我們來說是無用的……不如現在就把你給吃掉……還能讓我們好過一點。」

「等一下等一下，吃掉我幹什麼？你們不是人類嗎？」唐玄霖打哈哈的想裝傻，而狐狸男則笑了。

「人類……是啊，是人類，但也不是人類，否則怎麼能靠舌頭就知道這古物的價值呢？」狐狸男說著唐玄霖聽不懂的話。

「反正知道太多的人也不要留活口比較好，不如就讓我們吃掉，說不定道行還能更高呢！」老鼠尖聲說著。

「是啊、是啊，我們得好好努力才能追上手那傢伙！」胖鼠也說。

「提到那穢氣的傢伙就來氣。」狐狸男怒氣沖天，「他老是要找我麻煩！」

「老大別氣，瞧這個人也不是什麼普通人，吃掉他以後，我們一定可以更接近手那傢伙的。」

三個人朝唐玄霖走來，他立刻拿起旁邊的東西就往他們身上丟，可是兩隻老鼠身手矯健，左跳右閃的，瞬間來到他的面前，張口就咬下他的腿。

「靠！」唐玄霖大喊，怎麼每次都是他在受傷啦！

「好香、好香！」老鼠興奮說著，狐狸男也舔試著舌頭。

完蛋了！要是自己在這裡死了，唐恩羽一定會氣死！

「哥哥，我來救你囉。」忽然一個女孩的聲音出現，三個人嚇了一跳回頭，只見稚氣臉龐卻染滿鮮血的女孩站在那。

「咦!?」唐玄霖驚呼，「鍾……鍾容?」

「嘿嘿！」鍾容微笑，兩手往旁邊一揮，快速朝他們衝了過去。

「這小鬼是什麼東西!?」胖鼠大叫，立刻上前就要制伏她，但是鍾容卻以極快的速度與他擦身，瞬間胖鼠身上噴出了鮮血。

「啊！」他發出慘叫後倒地，身體抽搐著不斷湧出鮮血。

「妳!!」老鼠見狀有些畏懼，就在這猶豫之間頭身分離。

一瞬間這裡只剩下鍾容和狐狸男對峙，唐玄霖張大嘴，這是什麼情形，爲什麼鍾容會……殺人?

「妳不是鍾容，妳是什麼東西？」狐狸男瞇眼，能進來他製造的這個幻象，肯定不是普通人。

「哎呀，狐狸叔叔，你不認得我啊？妳明明靠我賺了不少錢，也靠我吸食了不少靈氣不是嗎？」鍾容輕巧的說著，這讓狐狸男瞪大眼睛。

「妳……妳是……」

「嘿嘿，至少在死之前，能知道死在誰手下也不錯啊！」

這下子立場好像轉變了，狐狸男變得卑躬屈膝，他有些緊張的說：「我們不是合作得不錯嗎？我一直讓許多人送衣服進去、讓妳可以在衣櫃裡不被找到啊……」

「我的願望是幫爸爸報仇，可不是一直躲在衣櫃裡面呀。」鍾容嘟嘴，「在這女孩的爸爸被拖進來的時候，我想到了我的爸爸也曾經這麼爲了我犧牲自己……所以我不願意再躲了，我一定要報仇，就看是鬼差快，還是我快。」鍾容嘿嘿笑著，渾身都是血的她已經表明了報仇的結果。

「謝謝哥哥帶我找到那群躲了好幾輩子的村民，我終於可以讓他們付出代價了！」

兒。

「咦……喔……」所以鍾容一直在跟蹤自己嗎？不對，應該說是，木工的女

「報仇完後還有點時間，所以我來報恩。」鍾容張開雙手，雖然毫無武器，但身上的厲氣卻濃厚得讓狐狸男顫抖起來。

「饒、饒我一命啊……」

「不行，姐姐她們覺得被妳利用也很煩，所以我答應她們如果有時間，就會來除掉你。」鍾容對唐玄霖眨眼，「當然救哥哥也是很重要唷！」

「姐姐？」狐狸男一愣。

「哎呀，還好意思說自己是拍賣師之舌，舔舐我們這麼多次，還不知道衣櫃真實的來歷嗎？」鍾容搖頭，「算了，沒什麼好說的！」

「等一……」狐狸男甚至話都沒有說完，就已經被鍾容貫穿了身體。

這等血腥畫面雖然比不上在爨家族看到的滅亡那樣，但也足夠了。唐玄霖原地坐了下來，驚訝的看著眼前正甩著手上鮮血的鍾容。

「妳什麼時候上鐘容的身？」

「在她爸被拖進衣櫃的時候。不過你也不要替她爸難過，畢竟這是靈魂的

債。但我也不算是上鐘容的身，我們算是共用一個身體吧。」鐘容忽然抬頭，露出了些微驚恐的表情。

唐玄霖也聽見了，彷彿從雲層般傳來的鐵鍊聲音。

「我以為鬼差會從地下出來，沒想到是天上。」鐘容還有心情開玩笑，「雖然應該逃不了，但我還是想逃逃看，再見啦～哥哥。」說完，鐘容就往後頭跑了，而那鐵鍊的聲音也隨著鐘容離去的方向逐漸消失。

唐玄霖坐在地上無法回神，看著眼前的屍體，他還是快點離開這裡比較好。但就在這麼想的時候，馬路上又傳來了車子的聲音，巷口也有行人走過、說話的聲響。

狐狸男的幻象消失了，連帶他們的屍體也消失了。

「這是……」難道屍體留在異世界了嗎？

「唐玄霖！」一個驚訝的聲音傳來，唐玄霖以為聽錯了。

「唐恩羽！妳怎麼知道我在這裡？」

「我才驚訝勒。」唐恩羽照著白語給的衛星座標過來，沒想到找到了唐玄霖。兩個人快速交換了情報，對於彼此的經歷都感到很訝異，但這下子總算能湊齊衣櫃的來源了。

最後，他們只要在名片上的直播時間登入，就能知道全部的事情了吧。

10.

「這下子，你們都知道衣櫃的故事了吧？」女人在台上微笑著，她漂亮的手撫過了衣櫃的邊角。

「它吃了很多人，無疑是個邪物。根據聊天室裡頭不斷想提醒大家這衣櫃有多危險的唐小姐所說，要我解釋清楚擁有衣櫃的下場，我得老實說，不會有任何事情發生。」

唐恩羽在螢幕前瞪大眼睛，她與唐玄霖對看。

「她在騙人。」

「這個人就是白語？買下衣櫃的人？那她現在怎麼在直播賣衣櫃？」唐玄霖問。

「我哪知道！但根據我們調查過的，還有聊天室的內容看下來，她好像是什麼拍賣師之手的……」

「手喔……那不是很厲害嗎？」

「你看她像人類嗎？」唐恩羽問。

「嗯，漂亮得很不像人類。」

「喂！認眞！」

「我超認眞啊！」

兩個人怕回家看會被媽媽打，所以只能找間速食店，兩個人分別用自己的小手機螢幕觀看。

「因爲這一次賣出後，我會淨化這個衣櫃，它從此會只是個吃過人、殺過人、染過血的……黃梨木衣櫃。」白語微笑，即便唐家姐弟不信，但聊天室還是出現了開價。

最終，衣櫃以五百萬成交，拍賣結束，這讓兩人瞠目結舌。

「她要怎麼淨化衣櫃？有那麼容易？聊天室那些人信喔？」

「感覺瞎忙一場……等一下，那學姐一家人呢？」唐恩羽驚叫。

這時候她的手機響起，未顯示號碼來電，但兩個人彷彿都知道是誰打來的。

「嘿，你們兩個有空來個地方嗎？我需要你們一起過來，這樣我才會把學姐一家人還妳喔。」

兩個人依約前往，這地方唐恩羽並不陌生，就是最初遇見白語的公寓與她的房間。

她原先還苦惱著要怎麼跟小廖說明後再次上去，可當踏入公寓大廳時，櫃檯空無一人。明明剛才在玻璃外頭就見到了小廖還在裡面，怎麼一眨眼就消失了？

空氣蔓延著迷霧，兩個人很有經驗了，知道自己此刻又到了另一個空間，不過這次他們並不擔心，雖然白語很神祕，可是唐恩羽覺得，她不會害人。

他們來到十一樓，長長的走廊同樣安靜得只聽得見兩個人的呼吸聲，唐恩羽領著唐玄霖來到白語的十三室門前，手才要按下電鈴，門已經自動開啓。

「嗨，歡迎！」白語眨著眼睛，開朗到不行的模樣讓兩人有點違和。

「這是怎麼回事？妳是什麼？」唐恩羽開門見山，但看見學姐一家人就在裡頭，她馬上衝了進去，「學姐！」

四個人依靠在一起卻沒有意識，除了臉色蒼白一點外，看起來都沒有受傷，「妳把他們怎麼了？」

「我沒有做任何事情喔！但是他們被帶進去太久了，身體很累的，所以需要時間修復，再睡個幾小時應該就能醒來了。」白語兩手一攤，「只不過他們不會記得在裡面的事情，但有可能對衣櫃會有一點點小陰影，這就沒辦法了。」

唐恩羽眼眶泛淚，不管怎樣，活著就好！

「那妳找我們來，有什麼事情？妳要怎麼淨化衣櫃？妳能保證衣櫃再也不會傷人嗎？」唐玄霖嚴肅的看著白語。

「喔，我可以。」白語秀出了她的雙手，他們兩人這時候才仔細看了她的手，白皙如豆腐般，手指頭似乎比一般人長。

「因為需要你的幫忙，所以我也得自我介紹一下，才顯得有禮貌。」白語看著唐玄霖，這讓他們姐弟狐疑。

「我？」

「是的，我們按照順序吧。只要我想，當我的手碰觸物品時，我便可以得知物品的故事，不受時間限制，隨我想看得多遠、多久。同時，我的手還有另一個功能。妳曾問過我，為什麼衣櫃到我這兒以後，就不再作亂了吧？嗯，雖然她們還是稍微搗亂了下，但是總歸是冷靜下來……妙手回春，聽過吧？我的手，能撫平物品受傷的靈魂。」

「什麼!?」

「人會受傷、物品也會，當物品也有了靈魂後，它們也需要被傾聽、被呵護、被治癒。我便是這樣的存在。」

聽起來雖然扯，但白語並沒有說謊。

「妳是人類嗎？」唐玄霖問。

「嗯，不是。」白語也老實，「人類做得到這樣的程度嗎？」

「那妳是……」

「我是什麼也不重要吧，重要的是，我說衣櫃能淨化這件事不是騙人的。從衣櫃的故事之中，你們應該也明白，觸發一切的根源，就是因爲男人的死亡。」

「啊，就是她的愛人……」唐恩羽喃喃，但好像連通了什麼，「等一下，妳的意思是……」

然後她轉頭看向唐玄霖，「難道我弟弟他是……」

「對，他就是男人的轉世。」

「啥？」唐玄霖大驚，有些不知所措。

「天喔！弟弟，你的身世可眞驚人啊！」唐恩羽搖頭讚嘆，聽不出是不是一種挖苦。

「那我該做什麼？」唐玄霖沒想到會是這種狀況。

「她找了你很久很久，但都找不到你。現在總算找到了。」白語說著，「但她只想知道你過得很好就好，所以只要讓她見到你，就夠了。」

「就這樣？他不用也進去衣櫃看一下？」

「唐恩羽。」

「幹嘛！你總是要見一下小倩啊，是以前的情人耶！」唐恩羽並沒有任何調侃的意思，她眞心覺得小倩等了百年，也恨了百年，現在要離開了，總是要見一面才沒有遺憾。

「不了，她們殺生無數，能等到你來已經是最後的仁慈了。」白語淺笑，「因爲，有人跟城隍爺告狀，鬼差可是在等著了。」

「啊？」唐恩羽看向唐玄霖。

「我不知道啊！我想說要……」他尷尬的想自白。

「沒關係啦，她們也該走到終點了。」白語輕撫了衣櫃的邊緣，「小倩，他來了喔。」

衣櫃似乎微微搖晃了下，唐玄霖想了下，還是走上前，手摸上了衣櫃：「這些日子妳辛苦了，對不起，沒有陪妳到最後。」

嗚嗚……是我對不起你……

衣櫃裡頭傳來了女人的哭聲，但此刻完全沒有令人害怕的感覺，反倒是傷感。

接著，一股冷暖交織的氣息從衣櫃中流出，鐵鍊的聲音從外頭傳來，衣櫃裡頭依舊是一豎排隔板與裝飾雕刻的模樣，但已經沒有原先的陰冷。

「欸，你哭了？」

「咦？」

唐玄霖摸上自己的臉頰，居然有了一滴淚。

「真奇怪，我又沒有……」他慌張的想要擦去，而白語只在一旁笑了。

「靈魂會記得的。」她抬頭看著窗外，靈魂的傷痛，她或許能稍微治癒，但是靈魂的罪惡，就不是她能控制的了。

「好了，我信守了承諾。將妳學姐一家還給妳，也淨化了衣櫃，從今以後它就只是一個有故事的衣櫃了。」白語聳肩，「希望之後是沒機會再見了。」

「希望我們姐弟的厄運也可到此爲止。」唐恩羽翻了白眼，至少這一次他們沒有被鬼追殺得雙雙掛彩……等等，「唐玄霖，你腳是受傷嗎？」

「喔，被一隻老鼠咬到。」

「天啊！你剛才爲什麼不說！我們得快點先去醫院打破傷風，還是白語妳那個手可以摸一下，讓他……」唐恩羽抬頭，但白語和衣櫃都消失了。

屋內只剩下他們與梁佳盈一家。

「我看，我們還是打給章警官吧？」反正還有狐狸男三人組的屍體，想必會出現在意料不到的地方，以及那位司機大哥沒事吧？還有鍾容，不知道木工的女兒有沒有逃掉，逃掉的話，渾身是血的鍾容也搞不清楚狀況吧？

「章警官應該每次看到我們的來電都會嘆氣吧。」唐恩羽說歸說，還是撥了電話。

響了幾聲，一個無奈的聲音接起，「說吧，又怎麼了？」

他們彷彿都可以想像章警官的表情，兩姐弟忍不住莞爾。

「沒事沒事，這一次應該比較好解決，是這樣的，有一個衣櫃……」

每個物品，都有其故事，有時候故事是好的，充滿感激的。

有時候故事是悲傷的，令人落淚。

有時候故事比較偏激，走不到想要的地方，造就了人間悲劇，影響了長遠的時間。

有雙手，可以摸出所有物品的故事，可以撫慰受傷的靈魂。

這雙手，在漫漫時間長廊之中，會一直存在。

只是，你很難找到她，要到她出馬，那你的物品必定不好處理。

下次購買二手物件時，不妨，多留心點吧。

後記

【Div（另一種聲音）】

相傳，江湖每半年一次，就會出現一張英雄帖。
帖子是誰所寄？會寄給誰？如何寄？至今仍是個謎。
只知道，每次收帖者共有四人。
而且，當每次帖子出現，勢必會掀起江湖一陣腥風血雨，天翻地覆。
如今，甲辰年，春，帖子出現了。
有仗義豪氣、美麗神祕、廚藝巧妙的女老闆。
有深潛低調、筆力高絕的龍門高手。
更有漂亮聰慧、照顧可愛幼子的女作家。
最後，是一名以算數工程爲業的男子，他見到地面突然出現一張閃著黑色光芒的帖子。
男子好奇，把帖子拿起一看，只見帖子上寫著……

一手書擂，請接招。

男子露出淺笑，此帖一出，這片江湖，又要開始不平靜了啊。

【笭菁】

這次的詭軼紀事，一樣是作者們的接龍寫法，只是這次更特別，過去我們是讓所有故事「暫時」進入同一個宇宙觀，同一主題、每個人寫一篇故事，但整體故事最後必須連貫。

而這一本，則是百分之百的接龍，我記得當初是我寫第一個，原本以爲這就算是衣櫃的由來了，沒想到等收到其他作者的稿子，驚爲天人發現——哈哈，唐家姐弟還頗受青睞的嘛！

我們的寫作過程是沒有過多的條條框框，重點就是「衣櫃」以及「故事要接續」，這次大家都發揮了各自的功力，每個作者的伏筆、在其他作者筆下會勾勒出如何的故事？眞心是不到最後一刻，都不會知道結局的故事！

我們寫得都很愉快，也希望大家看得開心。

當然，希望大家都不要在夜半，聽見你的衣櫃：

叩叩……

最後，感謝購買本書的您，購書才是對作者最實質且直接的支持，沒有您們的購書，作者便無法繼續書寫，萬分感謝、銘感五內！謝謝！

【龍雲】

大家好，我是龍雲，很高興在這邊跟大家見面。

這應該是第二次以接龍的方式來寫作，上一次因爲是第一棒，所以感覺沒什麼太大的變化。

這一次感覺就不一樣了，需要接續前面的故事，確實是個相當有趣的體驗。一些在創作上面的體驗，更是前所未有的神奇。

有時讀到一些前面棒次寫的東西，不是腦海裡面會浮現新的想法，就是嘴角會不自覺地浮現出微笑，猜想對方想要幹嘛之類的。

一開始只是覺得很有趣，這樣的體驗很新奇。

但是在寫作的過程中，自己剛好也參加一些進修的課程，跟其他人討論了一些關於創作方面的事情，也被震撼了一下。

深深體認到過去很多自己以爲理所當然的事情，原來都不是理所當然。

這樣的體會，讓我深感榮幸，可以跟這些作家們一起完成這樣的故事接龍。

尤其是最後沒有聽到什麼抱怨或者磨刀聲，更是深感欣慰。

這樣的經驗對我來說，眞的很珍貴。

當然除了創作過程的體驗之外，希望呈現出來的效果，也可以是一加一大於二，所以希望這篇小說大家會喜歡，那麼我們下次再見。

【Misa】

女人衣櫃永遠少一件衣服

接龍故事在《人骨音樂盒》那本得到很棒的迴響，大家似乎也很喜歡這樣的方式，這對作者來說也是一項有趣又充滿挑戰的事情，尤其當最後一位收尾的，更是一大挑戰。

這一次我自告奮勇當最後一位收尾，除了想看看自己能夠寫出怎樣的結尾，就是也想試試看自己的能耐。

為此，我還久違的拿起了紙筆寫下每位作者的伏筆與設定呢，好久沒有這麼認眞（？）了。

衣櫃的存在在Div大、笭菁大與龍雲大的故事之中，看起來是邪惡卻也神祕的存在，但最後我讓它收在了溫馨部分，並且盡最大努力沒有任何傷亡。因為太喜歡每個角色了，所以希望大家都能夠平安的活下來，也讓衣櫃得以安息。

而且一大挑戰是，居然讓唐家姐弟成爲我筆下的主角，這點始料未及啊！最初要當最後一個收尾時，我抱持著別先設定太多，等看完三位作者的故事後再順其自然，於是在龍雲大的故事最後，唐家姐弟再次出馬了，所以我便順其自然的讓唐家姐弟成爲我筆下的主角。

同時，也讓大家的人物再次出現，並都擔任了一定程度的重要角色，這讓我寫得好緊張，我有把角色寫好嗎？會不會個性跟之前不同？

但是寫完後非常開心，希望大家也會喜歡這一次衣櫃的故事。

至於爲什麼標題要用這個？嗯，因爲每次眞的都會覺得少了最關鍵的一件，這一定就是神祕的衣櫃讓我衣服消失的！

國家圖書館出版品預行編目資料

詭軼紀事．捌：噬人詭衣櫃 / Div（另一種聲音）、Misa、龍雲、笭菁著一初版一台北市：奇幻基地出版；家庭傳媒城邦分公司發行；2024.4
面：公分 .－(境外之城：.160)
ISBN 978-626-7436-09-7（平裝）

863.57　　113002684

本書中文繁體字版由笭菁工作室授權奇幻基地在全球獨家出版、發行。

ISBN 978-626-7436-09-7

Printed in Taiwan.

※ 本故事內容純屬虛構，如有雷同，純屬巧合。

城邦讀書花園
www.cite.com.tw

境外之城 160

詭軼紀事．捌：噬人詭衣櫃

作　　者／Div（另一種聲音）、笭菁、龍雲、Misa
企畫選書人／張世國
責 任 編 輯／張世國

發 行 人／何飛鵬
總 編 輯／王雪莉
業 務 協 理／范光杰
行銷企劃主任／陳姿億
資深版權專員／許儀盈
版權行政暨數位業務專員／陳玉鈴
法 律 顧 問／元禾法律事務所　王子文律師
出版／奇幻基地出版
城邦文化事業股份有限公司
台北市南港區昆陽街16號4樓
電話：(02)25007008　傳真：(02)25027676
網址：www.ffoundation.com.tw
e-mail：ffoundation@cite.com.tw
發行／英屬蓋曼群島商家庭傳媒股份有限公司城邦分公司
台北市南港區昆陽街16號8樓
書虫客服服務專線：(02)25007718．(02)25007719
24小時傳眞服務：(02)25170999．(02)25001991
服務時間：週一至週五09:30-12:00．13:30-17:00
郵撥帳號：19863813　戶名：書虫股份有限公司
讀者服務信箱 E-mail：service@readingclub.com.tw
歡迎光臨城邦讀書花園 網址：www.cite.com.tw
香港發行所／城邦（香港）出版集團有限公司
香港灣仔駱克道193號東超商業中心1樓
電話：(852) 2508-6231 傳眞：(852) 2578-9337
馬新發行所／城邦（馬新）出版集團
【Cite(M)Sdn. Bhd.(458372U)】
11, Jalan 30D/146, Desa Tasik,
Sungai Besi, 57000 Kuala Lumpur, Malaysia.
電話：(603) 90578822　傳眞：(603) 90576622

封面版型設計／US-design studio
排　　版／芯澤有限公司
印　　刷／高典印刷有限公司
■2024年4月2日初版一刷

售價／360元

廣　告　回　函
北區郵政管理登記證
台北廣字第000791號
郵資已付，免貼郵票

115 台北市南港區昆陽街 16 號 8 樓

英屬蓋曼群島商家庭傳媒股份有限公司城邦分公司 收

請沿虛線對摺，謝謝

奇幻基地

每個人都有一本奇幻文學的啓蒙書

奇幻基地粉絲團：http://www.facebook.com/ffoundation

書號：1H0160　　書名：詭軼紀事・捌：噬人詭衣櫃

奇幻基地・2024山德森之年回函活動

好禮雙重送！入手奇幻大神布蘭登・山德森新書可獲2024限量燙金藏書票！
集滿回函點數或購書證明寄回即抽山神祕密好禮、Dragonsteel龍鋼萬元官方商品！

【2024山德森之年計畫啟動！】購買2024年布蘭登・山德森新書《白沙》、《祕密計畫》系列（共七本），各單書隨書附贈限量燙金「山德森之年」藏書票一張！購買奇幻基地作品（不限年份）**五本以上，即可獲得限量隱藏版「山德森之年」燙金藏書票；購買十本以上還可抽總值萬元進口龍鋼公司官方商品！**

好禮雙重送！「山德森之年」限量燙金隱藏版藏書票＆抽萬元龍鋼官方商品

活動時間：2024年1月1日起至2024年10月30日前（以郵戳為憑）

抽獎日：2024年11月15日。

參加辦法與集點兌換說明：2024年度購買奇幻基地任一紙書作品（**不限出版年份，限2024年購入**），於活動期間將回函卡右下角點數寄回奇幻基地，或於指定連結上傳2024年購買作品之紙本發票照片／載具證明／雲端發票／網路書店購買明細（以上擇一，前述證明需顯示購買時間，連結請見奇幻基地粉專公告），寄回五點或五份證明可獲限量隱藏版「山德森之年」燙金藏書票，寄回十點或十份證明可抽總值萬元進口龍鋼公司官方商品！

活動獎項說明

■ **山神祕密耶誕好禮＋「寰宇粉絲組」（共2個名額）**

布蘭登的奇幻宇宙正在如火如荼地擴張中。趕快找到離您最近的垂裂點，和我們一起躍界旅行吧！

組合內含：1. 躍界者洗漱包 2. 躍界者行李吊牌 3. 寰宇世界明信片 4. 寰宇角色克里絲別針。

■ **山神祕密耶誕好禮＋「天防者粉絲組」（共2個名額）**

衝入天際，邀遊星辰，撼動宇宙！飛上天際，摘下那些星星！組合內含：1. 天防者飛船模型 2. 毀滅蛞蝓矽膠模具 3. 毀滅蛞蝓撲克牌 4. 寰宇角色史特芮絲別針。

特別說明

1. 活動限台澎金馬。本活動有不可抗力原因無法執行時，主辦單位有權決定取消、中止、修改或暫停本活動。
2. 請以正楷書寫回函卡資料，若字跡潦草無法辨識，視同棄權。
3. 活動中獎人需依集團規定簽屬領取獎項相關文件、提供個人資料以利財會申報作業，開獎後將再發信請得獎者填妥資訊。若中獎人未於時間內提供資料，主辦單位有權取消得獎資格。
4. **本活動限定購買紙書參與，懇請多多支持。**

個人資料：

姓名：__________ 性別：__________ 年齡：__________ 職業：__________ 電話：__________

地址：__________ Email：__________ □訂閱奇幻基地電子報

想對奇幻基地說的話或是建議：__________

奇幻基地

請剪下右邊點數，集滿十點寄回奇幻基地即可參加抽獎，影印無效。

1 A Year of Sanderson 2024

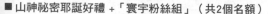